Manhattan by GOLDMANN

Buch

Der Kölner Geschäftsmann Elias Jüssen zählt zu den edelsten Philanthropen und Mäzenen der Republik – so erzählt man sich. Es loben ihn geschäftliche Gegner, die SPD, ja selbst seine Parteifreunde in der CDU, und obendrein mehrt Jüssen das Wohl des Vaterlands in der Gesellschaft zur Stärkung der Verben e. V. – kurzum: die baldige Seligsprechung scheint unausweichlich. Merkwürdig ist nur der Tod eines Journalisten, der sich für das jüngste Projekt Jüssens interessiert hatte. Ein Kollege des Verblichenen wittert sogleich ein Komplott und bittet Matzbach um diskrete Nachforschungen. Und der macht sich mit seiner Herzensgefährtin Hermine sowie seinen treuen Freunden Felix Yü, Zaches und Tshato an die Arbeit. Vom Rheinland führt die Spur nach Wien und Frankreich – mit Gelegenheit zu kulinarischen Exkursionen sowie anderen leiblichen Freunden – zu dem zwielichtigen Finanzier Evergislus Lanzerath. Welcher wiederum in Kontakt steht mit dem vermeintlich edlen, hilfreichen und guten Jüssen. Doch langsam fügen sich die Einzelteile zu einem sinnreichen Ganzen, in dem sogar eine Sammlung von Teddybären noch den rechten Platz findet.

Autor

Gisbert Haefs, 1950 in Wachtendonk/Niederrhein geboren, lebt und schreibt in Bad Godesberg. Als Übersetzer bzw. Herausgeber u. a. für die neuen Werkausgaben von Ambrose Bierce, Rudyard Kipling und Jorge Luis Borges zuständig, als Autor haftbar für Romane und Erzählungen. Einem großen Publikum wurde er durch seine historischen Romane *Hannibal*, *Alexander* und *Troja* bekannt. Weitere Romane um Baltasar Matzbach sind bei Goldmann in Vorbereitung.

Gisbert Haefs im Goldmann Verlag

Auf der Grenze. Stories (5944)
Kein Freibier für Matzbach. Roman (43376)
Matzbachs Nabel. Roman (42453)
Mord am Millionenhügel. Roman (5613)
Und oben sitzt ein Rabe. Roman (44281)

Gisbert Haefs

Schmusemord

Ein
Baltasar-Matzbach-Roman

Manhattan by
GOLDMANN

Umwelthinweis:
Alle bedruckten Materialien dieses Buches
sind chlorfrei und umweltschonend.

Manhattan Bücher erscheinen im Goldmann Verlag,
einem Unternehmen der Verlagsgruppe Bertelsmann GmbH

Originalausgabe April 1999

Die Nutzung des Labels Manhattan
erfolgt mit freundlicher Genehmigung
des Hans-im-Glück-Verlags, München
Umschlaggestaltung: Design Team München
Umschlagillustration: Nikolaus Heidelbach
Satz: Uhl + Massopust, Aalen
Druck: Graphischer Großbetrieb Pößneck
Verlagsnummer: 54091
AB · Herstellung: Katharina Storz/Str
Made in Germany
ISBN 3-442-54091-7

1 3 5 7 9 10 8 6 4 2

1. Kapitel

> Die unwahrscheinlichen Zufälle sind immer mit mir, seit der zufälligen Unwahrscheinlichkeit meiner Zeugung.
>
> BALTASAR MATZBACH

Die Spitze des Schnitzmessers glitzerte rötlich, als Hermine Päffgen auf die Mahagonibüste deutete.

»*Der* da?«

Komarek nickte. »Gar kein Zweifel. Der da. Und was für ein Zufall, daß Sie ...«

Matzbach steckte die längst angeschnittene Macanudo endlich in den Mund und ergriff den dreifachen Armleuchter. Als er ihn anhob, um die Zigarre zu befeuern, erlosch die blutige Spiegelung auf Hermines Messer.

»Von Ihren Argumenten reden wir später«, sagte er. »Ausnahmsweise bin ich bereit, etwas zunächst mal blind zu glauben. Weil es so schön absurd ist.«

Hermine spitzte die Lippen, als ob sie küssen oder ausspucken wollte; mit einem kaum hörbaren Seufzer rammte sie das Messer in den brusthohen Klotz, auf dem die unfertige Büste mit Klammern befestigt war.

Komarek lehnte sich an die Kante des schwarzen Refektoriumstischs. Mit saftigem Wiener Akzent sagte er: »Gehn S schaaßn, absurd. Alles zu belegen.«

»Ich sag ja, ich glaub Ihnen blind.«

»Zankt euch nicht.«Hermine zog das Messer aus dem Block und ging zu einem Beistelltisch, auf dessen Korkplatte eine mit *Zaches* unterschriebene Ansichtskarte aus Samoa lag. Sie bohrte das Messer durch die Karte und ein paar andere Papiere in den Kork. Dann wandte sie sich an Matzbach. »Wie wär's mit nem kleinen Mundvoll, auf den Schreck?«

»Monsieur?« Baltasar sah den Wiener an.

»*Une petite tisane?* Aber gern.« Komarek setzte ein extrem charmantes Lächeln auf. Er schien Akzent, Charme und Mimik über einen zentralen Regler mit zig Schaltern zu steuern.

»Ach, laßt mich zuständig sein.« Matzbach nahm die Zigarre aus dem Mund und hielt sie hoch.

Hermine zuckte mit den Schultern. »Von mir aus; solang du nicht irgendeine Teufelei mixt...«

»Ei, ich doch nicht.« Er schielte zur Standuhr, die am fensterlosen Südende des Ateliers tickende Distanz wahrte. »Es ist gleich fünf. Ein Tröpfchen Malt, Madame? Monsieur?«

Hermine nickte; Komarek verbeugte sich. Baltasar nahm drei geschliffene Gläser aus der Teakvitrine, stellte sie auf den schwarzen Tisch und öffnete den aufgebockten Eichensarg, der zwischen den beiden großen Fenstern zum Hof stand.

»Vortreffliche Bar.« Komarek grinste.

»Man soll immer das Ende bedenken, das jenseits aller Flaschen unser harret. Vor allem bei solch morbider Konversation. Wie Menschen fortgeschrittenen Alters wissen, gibt und nimmt es kein gutes Ende.« Mit einer halbvollen Flasche Laphroaig kam er zurück zum Tisch, goß zweieinhalb Fingerbreiten in jedes Glas und brachte eines zu Hermine, die inzwischen auf dem Sims des mittleren Ostfensters hockte. Komarek holte seines selbst ab.

Als alle getrunken hatten, wies Matzbach mit der Zigarre auf den Österreicher.

»Also, wenn ich mal zusammenfassen darf. Sie versorgen Bregenz und Umgebung mit Fehlinformationen, indem Sie die Spalten einer Zeitung füllen. Eh, wie kommt ein Wiener nach Bregenz? Von Umgebung nicht zu reden?«

»Inneres Exil.« Komarek schnüffelte an seinem Whisky. »Das müssen wir aber jetzt nicht erörtern, oder wollen Sie meine Biographie schreiben?«

»Mitnichten. Wohlan denn. Ein Freund und Kollege aus Wien bastelt an einer Hintergrundgeschichte über großdeutsche Investitionen da unten, und zu diesem Behuf reist er ins subarktische Rheinland. Wo er den Löffel abgibt. Angeblich hat er in einem Lokal in der Kölner Südstadt eine Schlägerei begonnen, die damit endet, daß er zweifellos pittoresk umherliegt, mit gebrochenem Schädel. So weit richtig?«

»Inhaltlich keine Einwände.«

»Die anderen, die den Wortlaut angehen, zählen nicht. Die zuständigen Damen und Herren von der Kripo ermitteln, daß der letzte Schlag von einem Menschen namens Würselen ausgeteilt wurde, der in unüblicher Schnelle vor Gericht gezerrt und wegen von anderen Gästen bezeugter Notwehr entlassen wird mit einer Mahnung, sich fortan besser zu benehmen. Wenn er Steuerhinterziehung, Beamtenbeleidigung oder sonstwas Furchtbares verübt hätte, säße er im Knast; was ist schon so 'n bißchen Totschlag? Zufällig ist nun dieser Herr Würselen aber Fahrer, Leibwächter und Männchen für fast alles im Dienst des edlen steuerzahlenden Geschäftsmanns, über den Ihr Kollege etwas herauskriegen wollte. Und zufällig schnitzt Hermine gerade dessen Portrait in Mahagoni, im Auftrag lieber Freunde, die ihm zum Sechzigsten etwas Anspruchsvolles schenken wollen.«

»In groben Zügen – ja.«

»Wer, sagten Sie, hat Ihnen gegenüber leichtfertig meinen Namen erwähnt?«

Komarek stellte das Glas ab und verschränkte die Arme. »Ich habe alte Bekannte angerufen. Die haben mich weitergeleitet. Der fünfte oder sechste in der Stafette war ein Bonner Journalist, Moritz von Morungen, lieber Freund von Ihnen. Sagt er.«

Matzbach schob die Unterlippe vor. »Moritz? Lieber Freund? Die Welt bibbert unter dem Aufprall sinnloser Euphemismen. Na ja. Und was erwarten Sie?«

»Erwarten? Nichts. Erhoffen wäre treffender.« Er blies die Wangen auf. »Schauen Sie, mir kommt das ein wenig seltsam vor. Paßt zu gut zusammen. Ich möchte einfach nur wissen, ob das wirklich alles Zufall ist.«

Hermine hatte ihr Glas geleert und hielt es hoch. »Nachschub, bittebitte. Wollen Sie Baltasar anheuern?«

»Wenn Sie mit *anheuern* meinen, ob ich ihm Geld aufdrängen will... Tja, könnte man so sehen.«

»Hat Moritz Ihnen auch gesagt, daß ich lediglich ein bisweilen neugieriger Privatmann bin? Nix Lizenz, Detektiv und derlei?«

»Hat er. Er hat auch behauptet, daß Sie damit viel mehr Geld machen als jeder anständige Privatdetektiv.«

»Von Geld reden wir später; von Anstand überhaupt nie. Hat Moritz vielleicht *en passant* erwähnt, daß ich nur Sachen mache, die mich irgendwie jucken?«

Komarek runzelte die Stirn. »Wie, jucken?«

Hermine fuchtelte immer noch mit dem leeren Glas. »Nachschub, Mann! Jucken soll in diesem Fall wohl heißen, daß der von schlecht informierten Kreisen Hobbydetektiv genannte Matzbach nur Dinge treibt, die ihn treiben. Ihm libidinös erscheinen. Im weitesten Sinn. Ah, endlich darf ich danke sagen.«

Komarek nahm einen kleinen Schluck, fast vorsichtig. »Muß man sich dran gewöhnen, wie? Schmeckt, als ob der Torf, durch den das Wasser gesickert ist, schon ein bißchen angesengt war.«

»Das ist Ihnen doch beim ersten Schluck schon aufgefallen«, sagte Matzbach. »Lenken Sie nicht ab. Sie wollten mich jucken, hörte ich. Bisher muß ich mich nicht kratzen.«

»Sie sind doch Jahrgang neununddreißig, wenn ich mich nicht irre. Könnte man …«

»Woher wissen Sie das?«

»Stand irgendwo auf einem Papier. Könnte man, unter Rückgriff auf die politische Wetterlage bei Ihrer Geburt, nicht an so etwas wie großdeutschen Patriotismus bei Ihnen appellieren, um Sie für einen toten Kakanier zu begeistern?«

»Tote Kakanier begeistern mich jederzeit, aber nicht ausreichend, um an Arbeit zu denken. Außerdem ist Patriotismus die erstbeste Ausrede von Schurken. Abgelehnt.«

»Tja.« Komarek sah sich um, scheinbar suchend; er betrachtete die Stapel der Teak-, Mahagoni- und Kirschbaumblöcke, die Sammlung verglaster Fotos an der Wand, nahm einen weiteren Schluck und deutete mit dem Glas auf Hermine. »Ihre Werke?«

»Ein paar davon.« Sie lächelte. »Irgendwo liegen Ordner herum, da hab ich alles drin. Bilder von Schnitzereien. Da, an der Wand, das sind nur ein paar besonders schöne Fehlleistungen.«

»Das anmutig Mißlungene sollte man sammeln.« Matzbach stieß ungeheure Rauchschwaden aus.

»Aphorismus?«

»Lebensaufgabe. Was sammeln Sie?«

»Juckreize.« Komarek grinste. »Und Sie, abgesehen von mißratener Anmut?«

»Bildungslücken, eigene.«

»Ah. Interessantes Gebiet.«

»Nicht wahr? Unerforschlich, unerschöpflich, unergründlich. Man kommt nie an ein Ende.«

»Wie wahr. Ist das Leben nicht ein Labyrinth?« Komarek sah niemanden an; seine betont beiläufige Redeweise ließ Matzbach stutzen.

»Labyrinth? Wie kommen Sie auf Labyrinth?«

Der Österreicher machte eine ausladende Armbewegung; wäre das Glas nicht schon fast leer gewesen, hätte es zweifellos mittlere Niederschläge gegeben. »Ach, Ihr Sammelhobby. Und dieses Haus hier…«

»Erlauben Sie, mein Herr!« Hermine tat empört. »Dieses Haus ist die Ordnung selbst – jedenfalls in den Teilen, die Baltasar noch nicht verwüstet hat.«

Nach seiner Ankunft war Komarek in laute wiewohl undeutliche Schreie der Begeisterung ausgebrochen, die das Haus zu betreffen schienen; Hermine hatte ihm eine durch Baltasars Schwatzhaftigkeit eher gestörte denn beförderte Begehung zuteil werden lassen. Das Geviert des ehemaligen Bauernhofs – ein Herrenhaus (beinahe Manoir), zwei rechtwinklige Flügel (ausgebaute Stallungen), am Südende des Rechtecks die noch nicht umgebaute Scheune – lag in Brenig, etwa ein Dutzend Kilometer nordwestlich von Bonn, fast auf dem Vorgebirge, mit prächtiger Sicht auf Rhein, Äcker, Petrochemie, Bonn, Köln, Bergisches Land. Im Untergeschoß des Ostflügels, in dem sie die läßliche Medizin einnahmen, betrieb Hermine Päffgen ihre Schnitzerei. Vor nicht ganz einem Jahr hatte Matzbach nach kurzweiligem Zaudern (eine stürmische Romanze, garniert mit bizarren Morden, einem versenkten Rheinschiff und reicher Beute*, seine Wohnung in der Bonner Nordstadt geräumt und sämtlichen Plunder in den von Hermine ungenutzten und bewilligten Westflügel verschafft, den er seither als »Hermines Konzession« oder, je nachdem, »mein Lehen« bezeichnete. Zunächst waren dort noch Spuren zu beseitigen gewesen, hinterlassen von einem früheren Benutzer, der sich im Verlauf einer miserablen Ehe eher seiner schwellenden Modelleisenbahn als der üppigen Gemahlin gewidmet hatte.

»Vergeben Sie einem dummen Ausländer«, sagte Ko-

* vgl. *Kein Freibier für Matzbach*

marek. »Ich habe natürlich nur die Gemächer drüben gemeint, wo man zwischen Bücherstapeln herumirren muß, um Tageslicht zu ahnen. Was wollen Sie eigentlich mit dem ganzen Kram? Lesen Sie etwa? Freiwillig?«

Matzbach grinste und nahm je einen Schluck aus Glas und Zigarre zu sich; er überließ Hermine die Antwort.

»Was Sie da hat umherirren lassen, ist vor allem eine philosophische Fachbibliothek. Hat einem Professor gehört, dessen Ableben ein bißchen zweifelhaft war. Baltasar hat es erhellt und dafür vom erbenden Neffen die Bibliothek gekriegt.«

»Philosophie?« Komarek klang skeptisch. »So was wie *Ich bin, also brauch ich nicht auch noch zu denken?*«

»Ist das Ihre Maxime?« Matzbach hielt die Zigarre zwischen den Zähnen und kratzte sich das graue Kraushaar. »Nicht schlecht; sollte man erwägen.«

»Aber Philosophie bringt doch angeblich Ordnung ins Universum, oder?«

»Das war wohl ein schweizerisches *oder*, nicht wahr? Entschiedene Verneinung jeder Alternative? Aber da hört man, daß Sie Laie sind. Was Profs betreiben, also akademisches Denken... Denkerei? Gedenke? Nein, sagen wir: Dunk. Akademischer Dunk dient nicht zur Gliederung des Universums, sondern zu dessen wohlstrukturierter Vernebelung. Insofern habe ich durch das kühne Arrangement der Stapel drüben Form und Inhalt zu einer angemessen konfusen Einheit gebracht.«

Komarek leerte sein Glas. »Prosit«, sagte er nachträglich. »Auf Ihrer beider Wohl. Gibt es einen Plural von Wohl, nebenbei?«

Matzbach nahm die Flasche, goß nach und lehnte sich an die Sargbar. »Wie mache ich mich als Barsarger?«

»Ich schlage als Sammelplural von Wohl Gewöll vor«, sagte Hermine. »Was die Bücher angeht, wollte er sie längst loswerden. Er hat mit einem Freund zusammen ein Antiquariat aufgemacht; aber wie das bei Freunden nun mal so ist – das allerletzte, was die im Antiquariat wollen, ist unverkäufliche Philosophie.«

»Gewöll allerseits.« Komarek hob eine Braue, während er behutsam trank. »Einige der Erben des verblichenen Kollegen sind bereit, sich von einem Teil der Lebensversicherungssumme zu trennen. Sie reden von zwanzigtausend.«

»Schilling oder Mark?«

»Wenn die Debatte noch lange dauert, werden es Euro«, sagte Hermine. »Sollen wir vielleicht rübergehen, wo man etwas bequemer sitzt?«

»Nach dem Feilschen«, knurrte Baltasar. »Weib, immer das Bedürfnis nach Behagen zur Unzeit!«

»Mark.« Komarek schielte in sein Glas. »Wenn Sie mir jetzt freundlicherweise signalisieren würden, ob Sie das reizt …«

»Was dann? Und, bitteschön, was heißt ›einige der Erben‹? Welche? Wieso nicht alle?«

»Dann ziehe ich noch ein As aus dem Ärmel, um Sie endgültig zu stechen. Bestechen.«

»Aha. Und wenn nicht?«

Komarek lächelte sanft. »Wenn es Sie nicht reizt, behalte ich den schönsten Teil der Geschichte für mich. Den schönsten Teil, was Sie betrifft.«

»Mich? Was hab ich damit zu tun, außer vielleicht demnächst?«

»Der Tote, um den es geht, ist Ihnen flüchtig bekannt.«

»Wie flüchtig? Und hat er einen Namen?«

»Nicht mehr; Tote sind gewissermaßen *ex officio* anonym.«

Hermine seufzte, schwieg aber.

»Allmählich«, sagte Matzbach, »beginnt mir der Nachmittag zu gefallen. Die *Ex-Officio-Anonymität defunkter Hominiden* – wäre das nicht ein feiner Buchtitel?«

»Du bastelst doch schon lange an einem Verzeichnis wünschenswerter Bücher; kommt das darin vor?«

»Noch nicht, aber man könnte es aufnehmen.«

Hermine gluckste leise. »*Horror vacui ...*«

Komarek räusperte sich. »Na?«

»Na ja. Jein.« Baltasar rieb die Hüfte an der Sargkante; die Flaschen klirrten leise. »Sagen wir mal so. Ich bin angetan von Ihrer Konversation, Herr, und billige die Aufdringlichkeit, mit der Sie diesen Termin erschlichen haben.«

Hermine unterbrach. »Aufdringliches Erschleichen? Klingt wie ein spätexpressionistischer Gedichtband. Gibt es nicht bei Lichtenberg ein nebelartiges Schleichen?«

»Und weil das so ist, bin ich bereit, mich mit den zwanzig Riesen anzulegen – vorausgesetzt, Sie erhellen mich hinsichtlich der zahlungswilligen Erben sowie ferner vorausgesetzt, dies als letzte Bedingung, daß ich mich an den Toten, den ich angeblich gekannt haben soll, nicht allzu unangenehm erinnere.«

»Czerny«, sagte Komarek. »Albin Czerny.«

Hermine hob die Schultern. »Baltasars Vorleben ist bestimmt so wüst wie seine Philosophenabteilung. Mir sagt der Name nichts.«

Matzbach hatte die Lider gesenkt. »Czerny... Albin... Da war was, aber...« Er sah Komarek an. »Klingt so wie als ob«, sagte er. »Ich weiß nicht, ob mehr ob als als.«

»Wir hatten das Stichwort heute schon.« Komarek hob das Glas. »Mehr sollte ich vor dem nächsten Essen nicht davon trinken, sonst verirre ich mich. In einem Whisky-Labyrinth.«

Baltasar leerte das Glas, stellte es auf den obersten Teakblock, klemmte die Zigarre zwischen die Zähne und klatschte in die Hände. Ohne die Macanudo wieder aus dem Mund zu nehmen, sagte er: »Labyrinth, was? Bretagne... uh, anno achtundsechzig? Neunundsechzig?«

»Achtundsechzig. So jedenfalls steht es in einer Art Tagebuch von Albin.«

»Mit meinem Namen? Ah, da kann aber noch nichts von Bonn dringestanden haben. Wie sind Sie auf mich gekommen?«

»In den hinterlassenen Papieren gab's noch einen Wisch; stand so was drauf wie ›Matzbach in Bonn? Kann das denn sein?‹ Offenbar hat Czerny irgendwas über Sie gehört.« Komarek zuckte mit den Schultern. »Der Rest war Schichtarbeit am Telefon. Mögen Sie mal ein bißchen erzählen? Von achtundsechzig?«

Hermine glitt von der Fensterbank, nahm ein Schnitzmesser und warf es, scheinbar ohne hinzusehen, haarscharf an Matzbach vorbei; zitternd blieb es im Teakblock stecken, wenige Zentimeter unter dem Glas.

»Eine Achtundsechziger-Geschichte?« sagte sie. »Ich weiß nicht, ob ich das ertrage.«

»Haben Sie damit schlechte Erfahrungen gemacht?«

»Kann man so sagen. Anno achtundsechzig war ich neunzehn und mit der Schreinerlehre noch nicht ganz fertig. Richtige Arbeit, wissen Sie, mit Schwielen an den Händen. Später haben mir dann alle möglichen Leute von der Großen Zeit erzählt – klang für mich immer wie ›Papi erzählt jetzt von Stalingrad‹.«

»Waterloo?« murmelte Matzbach. »Lützen? Kommune zwei, bei Solferino?«

Sie zog die Nase kraus. »Mich haben die Stories immer gelangweilt; das war so eine Art abstrakter Ringelpietz, wissen Sie – freischwebendes Spinnen ohne Bezug zur Wirklichkeit; dabei hatte ich das Gefühl, ich hätte was verpaßt.«

»Hast du nicht, scharfes Weib.« Matzbach berührte die Klinge des Messers im Block. »Jedenfalls hier nicht. Du hast natürlich meine größte Zeit verpaßt, ahemm, in der Bretagne.«

»Warst du damals auch schon unmöglich?«

»Schlimmer. Nicht unmöglich, sondern neunundzwanzig; furchtbares Alter. Das Alter, in dem man, wenn man zu so etwas neigt, Labyrinthe baut; heute, milde gereift, risse ich Labyrinthe lieber ab. Wenn man mich denn ließe ...«

Hermine schüttelte die aschblonde Mähne aus, wobei etliche Silberstreifen mitflogen. »Du wirst die Bücher schon noch los. Streichhölzer könnten helfen.« Sie deutete auf die Tür an der nördlichen Kopfseite. »Die Labyrinthgeschichte ertrage ich bestimmt nicht im Stehen. Kaffee? Bequeme Sitze?«

Auf der überdachten Holzveranda an der Nordseite des Herrenhauses ließ sich, wie Matzbach bemerkte, sogar der rheinische Stickstoffsommer ertragen. Komarek riskierte einen Blick auf die fernen Türme des Kölner Doms und widmete sich dann abwechselnd seinem Kaffeebecher und dem verstrüppten Garten; Hermine hatte die Hände hinter dem Kopf gefaltet und betrachtete Matzbach, der die Zigarre in einen riesigen roten Aschenbecher aus Glas gelegt hatte, um besser gestikulieren zu können.

Er faßte sich kurz, da sein damaliges Innenleben, wie er sagte, ihm selbst ein Greuel sei und überdies niemanden interessiere. Einige Jahre oder ein wenig mehr habe er sich in der Bretagne aufgehalten, »irgendwo schräg links hinter Roscoff«, in einem für wenig Geld gemieteten alten Gehöft. Dort habe er sich dem Okkultismus genähert (»bis dieser erschrocken zurückwich«), Touristinnen veruntreut, an druidischen Kabalen mitgehäkelt, eine Art Galerie für die Erzeugnisse junger heimischer und durchreisender Künstler betrieben, die ersten Fassungen der von der Fachliteratur staunend ignorierten Bücher *Monotheistische Strömungen des inselkeltischen Druidentums*, *Schamanistische Einflüsse in die Analekten des Konfuzius* und *Sexualpathologische Aspekte der Psychokinese* entworfen …

Komarek unterbrach. »Letzteres nach eingehenden Feldforschungen? Unter tätlicher Hilfe der Touristinnen?«

Matzbach schnaubte. »Nu nebbich.« Und ferner, sagte er, habe er dort ein Labyrinth gebaut.

Wieder wurde er unterbrochen, diesmal von Hermine. »Wie sah das aus? Ein richtiges Labyrinth? Aus Steinen? Oder Hecken? Pappmaché? Plastik?«

»Wird nicht verraten.« Er grinste. »Am Ende hältst du mich sonst für einen begabten Maurer oder Pappkleber oder Heckenschneider, und das wollen wir doch vermeiden, nicht wahr? Überschätzung führt zu verehrender Entfremdung, die das Konkubinat schänden könnte.«

»Ah ja. Und wie kommt dieser tote Österreicher ins Spiel?«

»Albin Czerny... die Einheimischen nannten ihn Saint Aubin, sofern sie ihn überhaupt genannt haben. Er ist im Spätsommer, als die Revolution erledigt war, angekommen, drei Tage geblieben und dann wieder verschwunden.«

»Woher ist er gekommen, wohin ist er verschwunden, was war überhaupt mit ihm? Mann, laß dir doch nicht die Würmer aus der Nase ziehen!«

Matzbach berührte seinen Kolben. »Da sind keine drin, Madame Hermeline, *parole d'honneur*. Wie auch immer. Willst du das wirklich wissen?«

»Möglicherweise; genau kann ich das erst hinterher sagen.«

»Wird dir nicht gefallen; es ist nämlich gewöhnlich.«

»Das wäre bei dir ungewöhnlich genug; sprich, o holder Knabe.«

Komarek schnalzte leise. »Darf ich fragen, wie lange Sie diese Form des Dialogs schon betreiben?«

»Nicht ganz ein Jahr«, sagte Hermine. »Warum?«

»Nur so. Wenn Sie verheiratet wären, stünde ich im Fall der Scheidung beiden als Belastungszeuge zur Verfügung.«

»Sie da, Sie Mensch«, sagte Matzbach. »Wie heißen Sie eigentlich vorn?«

»Das wollen Sie bestimmt nicht wissen; nicht mal hinterher. Meine Eltern hatten einen perversen Geschmack, was Vornamen angeht.«

»Und zwar?«

»Hieronymus.« Komarek seufzte.

»Ups«, sagte Hermine.

»Ach nein, dann doch lieber nicht.«

»Inwiefern?«

»Ich war gerade dabei, Sie wegen Ihrer Konversation ins Herz zu schließen. Und da wir wegen Czerny vermutlich mehr miteinander zu tun haben werden, als allen lieb ist, wollte ich den Verzicht auf Titel wie Professor oder Herr vorschlagen – gleitender Übergang zu Vornamen unter Beibehaltung des Siezens. Aber Hieronymus? Nein.«

»So nennen mich meine Feinde.«

»Haben Sie trotzdem Freunde?« sagte Päffgen; dabei verzog sie keine Miene.

»Nicht eben zahlreich; die nennen mich Koma.« Er grinste. »Muß mit meiner Lebhaftigkeit zu tun haben.«

»Na schön. Koma. Madame, alias Frau Päffgen, heißen wahlweise Hermeline, Heroine, Hermione oder Hermine. Letzteres ist die amtliche Version.«

Komarek warf Hermine einen fragenden Blick zu. »Was wäre Ihnen am liebsten?«

»Im Moment wäre mir am liebsten eine Fortsetzung des Märchens. Baltasar, wie kommt der damals noch nicht tote Österreicher in dein bretonisches Labyrinth?«

Matzbach nahm die erloschene Macanudo in die Hand, zündete sie jedoch nicht an. »Fruchtlose alte Geschichten zu erzählen, das ist wie das Nuckeln an einer erloschenen

Zigarre. Aber bitte sehr. Albin Czerny... komisch, wie viele vergessene Dinge da wieder hochkommen. Er muß irgendwas an großdeutschen Neigungen gehabt haben; jedenfalls hat er Wien verlassen, um in Berlin zu studieren. Da wurde er dann von der Revolutionsromantik befallen; er hatte, als braves Hundchen, auch schon einige dieser häßlichen Fremdwörter apportieren gelernt, die Adornos und Marcuses Unlustknaben für fortschrittlich hielten.« Matzbach runzelte die Stirn, wie in tiefer Konzentration. »Ich weiß nicht mehr, was es war, vielleicht hab ich es nie gewußt, aber etwas muß bei ihm im Sommer achtundsechzig passiert sein. Irgendwas, was ihm die Illusionen...«

»Hoffnungen?« sagte Komarek.

»Meinetwegen. Jedenfalls hat er was auch immer verloren, seine Bücher verkauft, das Studium abgebrochen und sich in den Zug gesetzt, nach Frankreich. Er war in Paris, bei Verwandten oder Bekannten, dann ist er in die Bretagne gekommen. Fragt mich nicht warum; vielleicht wollte er in pseudokeltischer Einöde der gallisch-germanischen Politmystik entrinnen.«

Er sprach nicht weiter; ein bläulicher Riß im stickigen Sommerhimmel schien ihn zu faszinieren.

»Und dann?« sagte Hermine. »Hast du ihn mit deiner Privatmystik verseucht, oder was?«

»Mitnichten. Er wollte weg, hat irgendein Nimmerland gesucht. Am liebsten wäre er für ein paar Monate aus dem Kosmos gefallen.« Er kicherte plötzlich schrill. »Jetzt kommt eine dieser Symmetrien des Schicksals, wie von einem schlechten Autor ausgeheckt. Gleichzeitig mit ihm tauchte ein Mädchen auf, etwa so alt wie er; ich glaube, sie hieß Melanie, und wie weiter? Ah, vergessen; egal. Die war in einer Art Nimmerland gewesen und hatte gerade beschlossen, sich doch wieder in die Politik einzuklinken.«

»Puh«, sagte Hermine; sie langte nach der Thermoskanne und goß dreimal Kaffee nach. »Wie ich dich und das Schicksal so kenne, haben die beiden dann Adressen und Ziel getauscht, ja? Am Ende sogar in deinem Labyrinth? Wie auch immer das ausgesehen haben mag.«

»Es kam«, sagte Matzbach geziert, »zu einer Art Wesenstausch, allerdings unter Beibehaltung und Nutzung des jeweiligen Geschlechts. Metaphysisches Gerammel, gewissermaßen; danach ist sie in die fortschrittliche Utopie der Berliner Studenten gereist, um sich in der Aktion zu finden, und er hat die Fahrt ins Nimmerland angetreten, um sich in Meditation zu verlieren. Oder so ähnlich.«

»Wo war dieses Nimmerland?«

Matzbach fletschte die Zähne. »Du wirst es nicht glauben. Oder doch? Francos Spanien. Bis auf ein paar Stück Mittelmeerküste war das ja damals von Europa abgekoppelt und lag irgendwo, bloß nicht im zwanzigsten Jahrhundert.«

Nach kurzem Schweigen sagte Hermine: »Doch, kann ich irgendwie verstehen. Und was ist aus ihnen geworden?«

»Keine Ahnung.« Baltasar breitete die Arme aus. »Seit damals habe ich nichts mehr gehört. Bis heute. Albin ist tot; und wenn Melanie nicht gestorben ist, lebt sie vielleicht glücklich und in Freuden. Oder wie das Märchen sonst enden mag.«

Komarek räusperte sich. »Ich wüßte ja doch gern mehr über Ihr Labyrinth ...«

»In diesem Fall war es, uh, ein Psycho-Labyratorium.«

Hermine stöhnte.

»Ihre Wortklauberei beiseite – wie hat es ausgesehen?«

»Kein Kommentar.«

»Auch nicht, wenn ich Ihnen erzähle, was er nach der Rückkehr aus Francos Nimmerland getrieben hat?«

Matzbach spitzte die Lippen. »Mal sehen. Lassen Sie hören.« Er zündete seine Zigarre an und lehnte sich zurück.

»Ah, vorher noch was andreas. Die Erben ...«

»Ja?«

»Er hat seinen diversen Ex-Damen fast alles vermacht, üppige Pflichtteile gewissermaßen. Den Ladies ist es furchtbar egal, wie er umgekommen ist. Ein paar Freunde dagegen, die er mit Kürteilen bedacht hat, sind bereit, davon ein wenig springen zu lassen.«

»Na gut. Dann lassen Sie springen, Koma. Ah, Moment.« Er hob den Finger.

»Was willst du dozieren, Professor Matzlibutzli?« sagte Hermine.

»Nicht dozieren. Fragen.« Er musterte Komarek wie ein exotisches Untier. »Was soll am Ende geschehen?«

»Wie meinen Sie das?«

»Angenommen, es gibt so etwas wie ein Ergebnis.«

Komarek zögerte.

»Es ist nämlich so«, sagte Matzbach. »Da es um hochrangiges und vermögendes Volk geht, haben wir davon auszugehen, daß nichts daraus wird. Die sichern sich in der Regel so ab, daß man sie nicht kriegt. Oder nur ein paar Handlanger. Außerdem ...« Er rümpfte die Nase.

»Kein guter Staatsbürger, scheint mir?« Komareks Frage war eher eine Feststellung.

»So etwa. Nebbich.« Er blinzelte. »Wissen Sie, vor Jahren, als der Staat noch den Bürgern gehörte … ehe er von den Parteien usurpiert wurde, war das anders. Heute?« Er hob die Brauen. »Ich glaube, es ist nicht sehr sinnvoll, Leute anzuzeigen, die mit adligen Steuerhinterziehern und Parteifinanziers befreundet sein könnten. Es käme, glaube ich, nichts dabei heraus.«

Komarek nickte langsam. »Da ist wahrscheinlich was dran. Also?«

Matzbach hüstelte. »Normale Polizisten tun ihre Arbeit; die Korruption sitzt weiter oben. Bei Leuten, die über reichlich Knete verfügen, sind aber normale Polizisten schnell unzuständig. Vermutlich werden die Behörden uns nicht helfen, also sollten wir sie ignorieren. Wenn es sich nicht herausstellt, daß wir sie brauchen.«

Komarek lachte. »Polizisten und Briefträger braucht jeder, aber höhere Beamte? Kommt das bei Ihnen noch vor? Bei uns gibt's den Bedarf schon länger nicht mehr.«

»Sie haben uns eben einiges voraus. Tu felix Austria undsoweiter. Schießen Sie los, nachdem nun die Präliminarien beendet sind.«

2. Kapitel

> Die Trübsal ob seiner frühen Ankunft
> war allerdings heiter, verglichen
> mit dem Ungemach ob seines späten Scheidens.
>
> Jakob Jansen

Komarek wollte nicht zum Abendessen bleiben; er sagte, er sei »zu diesem Behuf und möglichen Weiterungen« mit einer charmanten Kollegin verabredet. Er drohte für den nächsten Vormittag mit einem Anruf.

Matzbach schlenderte in die Küche, entkorkte eine Flasche Cidre und schmierte Brote. Zwischendurch, wie von einem jähen Einfall getrieben, ging er in den Flur, der zur Haustür am Innenhof führte, blieb vor der getäfelten Wand stehen, an der eine antike Streitaxt hing, fuhr mit der Fingerspitze über eine der beiden Schneiden und sagte leise: »Ach ja, die Schärfe des Daseins.«

Hermine hatte sich ins Atelier verzogen; Baltasar kredenzte ihr einen Humpen Cidre und drei Brote auf einem silbernen Tablett. Sie murmelte etwas, starrte auf das an einer Staffelei hängende Foto und riffelte mit der Messerspitze Späne von dem Mahagoni, das Büste werden sollte.

»Schneidest du alles weg, was nicht Nase sein kann?«

Sie schob die Unterlippe vor. »Irgendwie ist mir ein bißchen die Lust vergangen. Wenn der Typ hier tatsächlich was mit diesem Todesfall zu tun hat …« Dann lächelte sie schwach. »Aber Job ist Job, nicht wahr?«

»Was haben dir seine Freunde geboten?«

»Fünfzehn. Plus Mehrwertsteuer.«

Matzbach nickte ernsthaft. »Die fünfzehntausend könntest du verschmerzen, aber die Mehrwertsteuer bringt's.«

»Blöde Socke.«

»Ich werde jetzt auf der Veranda ein wenig brüten. Notizen machen, derlei.« Mit dem Zeigefinger berührte er Hermines Nase. »Übrigens habe ich mir nur halb soviel Brote gemacht. Die Beweglichkeit, weißt du, ist dann nicht so lange gehemmt.«

»Bei der Hitze?« Sie lächelte. »Bißchen stickig heute, aber wenn das ein Antrag sein sollte – angenommen.«

»Von wegen Weiterungen – pfeifen genügt. Du kannst doch pfeifen, oder?« sagte er; dann ging er zurück zur Veranda.

Viel hatte er nicht zu notieren. Komareks Auskünfte über Albin Czerny waren einerseits ausführlich gewesen, andererseits würde nicht viel davon sachdienlich sein. Czerny hatte offenbar ein paar Jahre knapp nördlich der portugiesischen Grenze verbracht, in Bayona, und sich Verdienste um Bett und Hummerkörbe einer jungen Fischerwitwe erworben. Irgendwann waren ihm die Hummer zu groß geworden, das Bett zu klein oder die Witwe zu sehr auf Statusänderung erpicht; 1973 kehrte er nach Wien zurück, schlug sich als Kellner durch und begann zu schreiben, arbeitete bald frei für mehrere Zeitungen und Zeitschriften, dann auch für den Funk. Heirat 1978, Scheidung (kinderlos) 1981, zweite Ehe 1984, wieder kinderlos, zweite

Scheidung 1988. Komarek hatte angemerkt, Czerny sei der einzige ihm bekannte Fall von zweimal verheiratet und fünfmal geschieden; die Trennung von der Witwe in Bayona müsse herb gewesen sein, und nach der zweiten Ehe habe es noch zwei längerfristige Partnerschaften gegeben, die beide mit Krach und Finanzgebalge endeten: Scheidungen *comme il faut* ohne vorherige Ehe. (Hermine hatte dazu gesagt, Czerny habe wohl an exzessiver Vergnügungssucht gelitten; Komarek meinte, »gelitten« sei das falsche Wort.)

Es gab größere Mengen Arbeitsproben: Artikel, Aufsätze, ein paar Notizen, insgesamt Dinge, von denen sich annehmen ließ, daß sie einen Freund oder Bekannten irgendwann einmal beeindruckt oder amüsiert haben mochten. Nichts davon sah aus, als wäre es für ein Dossier bestimmt, und nichts davon war wirklich hilfreich. Zettel, Hotelbelege, Tankquittungen, alle aus dem Großraum Köln-Bonn; etliche Blätter mit kryptischen Notizen wie »EJ gestern oder vielleicht« (EJ war zweifellos Elias Jüssen, der Kölner Magnat, für dessen Leben sich Czerny interessiert hatte), oder »EJ ArFMar.«, was »Arbeitsfrühstück im Maritim« und »Arnold Fritz Martin« und »Armee Feuerwehr Marine« und »Aragon Frankreich Martinique« und allerlei mehr bedeuten mochte. Wesentliche Mitteilungen, die Czernys Interesse an dem Kölner Finanzier erhellen oder gar begründen konnten, waren nicht dabei.

Komarek hatte bedauert, nicht mehr liefern zu können; das Bedauern half Matzbach kaum weiter als die wenigen Papiere. Dies sei alles, was man bei dem Toten gefunden habe; soweit Komarek wußte, gab es auch in Wien nicht mehr. Natürlich war Czernys Wohnung zunächst einmal amtlich versiegelt worden; Komarek wollte demnächst mit dem zuständigen Anwalt dort alles durchsuchen, sobald die Gemächer zugänglich und nicht von bellenden oder geifernden Witwen der legitimen wie illegitimen Variante belagert seien.

Es wurde dunkel. Der Westhimmel glomm nur noch wenig, aber die Finsternis der Unterlagen hing nicht davon ab. Matzbach knurrte leise, packte die Papiere wieder in die Plastiktüte, räumte den Verandatisch ab und ging in Hermines Atelier.

Sie stand vor dem Mahagoni. Jüssens hohe Stirn, nachmittags noch kaum zu ahnen, war sichtbar geworden, wie aus dem Holz gesprossen, und unterhalb der Geheimratsecken hatte Hermine zwei Stümpfe stehenlassen. Den rechten spitzte sie eben zu einem Horn.

»Soll das Genosse Luzifer werden?« Baltasar blieb außerhalb des Bannkreises der Punktstrahler stehen.

»Wenn er nicht Elias hieße...« murmelte Hermine.

»O du Hörnererregende – wie lange gedenkst du derlei hier zu tun?«

Sie legte das Messer auf den Klotz, der die unfertige Büste trug. »Du hast recht. Man sollte woanders damit fortfahren.«

Am nächsten Vormittag, nach einem länglichen Telefongespräch mit Komarek, hauchte Matzbach einen Kuß auf Hermines Stirn, sagte »O Holde, ich fahr dahin«, erwiderte nichts auf »Dann weiß ich ja mal, was ich fahren lasse« und verließ das Haus. Oben auf der kleinen Doppeltreppe zum

Innenhof blieb er stehen und musterte skeptisch den Himmel, der sowohl Regen als auch Trockenheit und jedenfalls Schwüle verhieß. Er betastete die leichte helle Windjacke, spürte die Gegenwart von Brieftasche und Zigarren, ließ den Blick über die versammelten Autos streifen und seufzte. »Ach, wie soll ich mich entscheiden?«

Hermines alter dunkelblauer Benz lehnte gewissermaßen an der Wand des Ostflügels, die Hände in den Taschen. Die schokoladenbraune DS 21 fläzte sich daneben, als wäre der Pflasterboden des Hofs nicht von der sahneweißen Lederpolsterung des Wagens zu unterscheiden. Der erst fünf Jahre alte BMW 750 iL, Junior des Fuhrparks, schien im Sprung erstarrt und wartete auf den Ruf *Action*.

Matzbach seufzte abermals, ging die Stufen hinab, tätschelte die Motorhaube des Citroën und schloß den BMW auf. Der Vorgänger für harte Einsätze, ein Rover, war im Vorjahr in die Luft gesprengt worden; die DS diente beschaulichen Ausfahrten; den BMW hatte er sich für die harten Touren angeschafft. Irgendwann war ihm aufgegangen, daß die Abkürzung durchaus Baltasar-Matzbach-Wagen bedeuten könnte, und für die Langfassung hatte er sich entschieden, weil er, wie er sagte, auch einmal seine 190 Zentimeter und 117 Kilo hinten unterbringen können wollte, um sich beim Fahren zuzuschauen.

Über Wesseling fuhr er nach Köln-Süd. Komplizierte Manöver in der Nähe der Ulrepforte ließen ihn den Einfallsreichtum jener Leute schmähen, deren Aufgabe es ist, durch Abbiegeverbote und Einbahnstraßen das Navigieren interessant zu machen. Dafür wurde er mit einem Parkplatz vor dem Antiquariat belohnt. Daß es ein Anwohner-Parkplatz war, störte ihn kaum, da er sich nicht lange aufhalten wollte.

Felix Yü schleppte eben einen Stapel aus der Packecke zum Extratisch. Der in Europa geborene Chinese, lange Zeit Kampfsportlehrer, hielt den Lektüreturm offenbar mühelos mit der Linken in Nabelhöhe, preßte das Kinn auf das oberste Werk und hob den rechten Arm.

»Der frühergeborene Herr Matzbach beglückt die Kreaturen der unteren Ebene«, sagte er. »Ach, könnte man das Tageslicht spleißen und daraus eine Girlande winden, flechten oder wickeln, um der hohen Ehre willen.« Er stellte den Bücherturm ab und breitete die Arme aus.

Matzbach hob beide Hände, die Innenflächen nach vorn. »Hüte dich, mich etwa umarmen zu wollen. Du weißt, Intimitäten sind mir verhaßt.«

»Es war nur, was Lao-tse die Gebärde einwilligender Entsagung nennt. Die fatale Urkraft des Schicksals zu bekräftigen, gewissermaßen, die diesen Tag zu einem macht, dessen Gleichmut und Heiterkeit bereits am späten Morgen zertrampelt wurden.«

Baltasar senkte die Augen. »Falls du meine Füße meinst ...«

»Ach hört doch mit dem Geschwätz auf. Willst du nen Kaffee?« Danielas Stimme kam von irgendwo weit hinten. Das Lokal, zuvor ein weitläufiger Tante-Emma-Laden, verfügte über mehrere Hinter-, Neben- und Unterräume.

»Allezeit immer doch. Wo?«

»Im Porno-Departement.«

»Ei. Eijei.«

»Das da«, sagte Yü mit einem Rucken des Hinterkopfs

zum neuen Stapel auf dem Extratisch, »sind die ungesammelten Werke von Joseph Lauff. Bist du sicher, daß du den Kaffee nicht lieber neben ihm trinken willst?«

»Der Himmel schütze mich vor preußisch-protestantischen Rheinländern.« Matzbach schüttelte sich. »Dann lieber Porno. Dabei werde ich erwägen, was auch ihr bisweilen bedenken solltet: Sexuelle Exzesse sind meistens nichts als sublimierte Askese.«

»Jesses, du kannst aber schon was ganz schön Schweres so früh am Tag.« Danielas dunkles Kraushaar huschte die Oberkanten einiger Taschenbücher entlang; dann erschien die ganze Frau neben dem Regal.

»Du siehst angenehm verlebt aus.« Matzbach streichelte ihre Wange. »Hat er seine Kampfsportlichkeit in die Nacht verlegt?«

»Kaffee.« Sie deutete auf den kleinen, in seiner Scheußlichkeit jedoch fast erhaben riesigen Rattantisch, wo eine Thermoskanne nebst Bechern und Zubehör wartete. »Und noch so was, dann gibt's sublimiertes Arsen dazu. Sublimierte Askese, bah.« Sie lächelte schief. Ihre weißen Zähne verschwanden schnell wieder hinter den vollen Lippen. »Und was treibt dich so früh am Morgen her?«

»Meine dreiunddreißigkommadreidrei Prozent vom Laden und die Sorge um sie. Wann wird endlich die philosophische Abteilung ausgebaut?«

»Sobald wir in dieser von fortschrittlichen Pädagogen verseuchten Gegend jemand finden, der Kant nicht in der englischen Schreibweise haben will.« Yü schob Matzbach zu einem der Plüschsessel, um an die Kanne zu kommen. »Wie Konfuzius bereits feststellte: Lehre die Alten, die es nicht verdienen, und achte die Lehrer ob ihres Verdienens.«

»Du warst schon viel besser. Ist wohl noch zu früh.« Matzbach ließ sich nieder und schielte auf die blaßblauen Wandkacheln, die zwischen zwei Regalbrettern der Abteilung Erotik eher zu ahnen als zu sehen waren. »Die Ecke war früher der Kühlraum für Milch und derlei, oder? Und in der Kühlbox stehen heute die heißen Bücher? Habt ihr euch dabei etwas gedacht?«

Daniela Dingeldein stöhnte. »Wenn die wenigstens heiß wären … Hin und wieder blättert man ja mal, in der Hoffnung, was Neues zu lernen. Aber.« Sie rümpfte die Nase.

»Nimm es als Bestätigung deines Wissens. Vielleicht gibt es da nichts, was dir noch fremd wäre.«

Yü klatschte. »Ihr träufelt Balsam in allerlei Ohren, die dessen nicht bedürfen. Seid Ihr nur gekommen, um Unsinn zu reden?«

»Neulich«, sagte Matzbach, »hörte ich eine junge Person zu einer anderen jungen Person sagen: Laber keinen Dreck. Meinst du das?«

»Treffliche Auslegung meiner Worte.« Yü verneigte sich grinsend.

»Madame Hermeline entbietet Grüße, und wann man euch mal wieder in Brenig sähe?«

»Entbietet sie das? Tja, wann?« Der Chinese sah Daniela an.

»Trinken bis zum Frühstück? Och … Am Wochenende? Wenn wir nicht morgens bedrucktes Papier verkaufen müssen?«

»Ich gebe das weiter.« Matzbach nahm einen lauten

Schluck aus dem Kaffeebecher. »Nun lauschet, o ihr Holden. Es hat sich eine Leiche ereignet.«

Ohne allzu ausladendes Schweifen berichtete er von Komareks Besuch, Hermines Portraitbüste und dem verblichenen Czerny.

»Sieht eher langweilig aus«, sagte Yü, als Baltasar endlich schwieg. »Die bisherigen Nummern, also, die beiden jedenfalls, an denen ich mitverdient habe, waren spannender. Glaube ich.«

»Glauben ist eine Form des Nichtwissens, und …«

Ehe Baltasar weitersprechen konnte, beugte sich Daniela vor und hielt ihm den Mund zu. »Mich interessiert viel mehr, was du da in der Bretagne getrieben hast. Ein Labyrinth? Wie hat das ausgesehen? Hecken? Pappe? Ziegel?«

»Bllpp«, machte Matzbach.

»Genauer.« Daniela nahm die Hand von seinem Mund.

»Das eben war die präziseste Auskunft, die ich nach all den Jahren noch geben kann.«

»HIV«, sagte Yü. »Hab Ich Vergessen, wie? Na gut. Und jetzt? Willst du mich rekrutieren?«

»Uns«, sagte Daniela.

»Tz tz.« Matzbach kniff ein Auge zu und starrte mit dem anderen in seinen Kaffeebecher. »Euch beide? Hinterher liegt ihr tot in der Gegend herum, und wer paßt aufs Geschäft auf?«

»Jüssen, Elias.« Yü hatte die Augen geschlossen und schien sein Inneres zu belauschen. »Taucht immer wieder mal in der Lokalpresse auf. Expreß, Rundschau, Stadt-Anzeiger.«

»Erhelle mich. Ich, als Nichtkölner, bin auf die mangelhaften Nachrichten der FAZ und anderer unwesentlicher Papiere zurückgeworfen. Wo taucht er in den Gazetten auf? Klatschkolumne? Skandalseite? Sportfeuilleton? Mit oder ohne Bild, mit oder ohne Gespielin?«

»Du hast einen Hang zum Niedrigen, wie?« Yü rieb sich die Augen, goß Kaffee nach und schüttelte den Kopf. »Meistens im Wirtschaftsteil. Den ich hin und wieder lese, um zu wissen, welche interessanten Möglichkeiten, Geld zu verlieren, sich gerade auftun.«

»Was macht er im Wirtschaftsteil?«

»Man befragt ihn zur Lage der Nation. Manchmal wird über die Einweihung eines neuen Gebäudes berichtet, an dem er beteiligt ist. So etwas.«

»Hm.« Matzbach knurrte leise. »Altes Geld?«

»Puh.« Yü blähte die Wangen. »Du willst ganz schön viel wissen. Aber... nee, ich glaube, das hat er alles selbst hingekriegt. Dany?«

Sie setzte den Becher auf den Beistelltisch (eine runde Kupferplatte mit arabischen Zeichen, auf einem Dreifuß) und verschränkte die Hände hinter dem Kopf. »Da stand was, neulich, in einer Zeitung«, sagte sie langsam. »Irgend so eine Tellerwäschergeschichte, wenn ich mich nicht irre. Wie alt wird der? Sechzig? War das Mitte der Fünfziger, als es mit ihm losging? Über seine Anfänge war nicht viel zu lesen, nur so was wie ›kleine Arbeiten, die bald in Selbständigkeit mündeten‹, oder wie die Jungs das immer so fein formulieren.«

»Aha.« Matzbach wackelte mit den Ohren. »Die übliche Karriere in den wilden Wirtschaftswunderjahren. Nix zum Vorzeigen, wahrscheinlich. Nun ja.« Er legte den Zeigefinger an die Nase. »Fragt man sich nun jedoch, was tun.«

»Willst du dich da ernsthaft reinhängen?« sagte Yü.

»Man hat mir mit Geld gedroht und sentimentale Erinnerungen aufgeboten. Ich könnte es wenigstens versuchen. Seid ihr dabei?«

Daniela seufzte. Yü zögerte, bevor er anscheinend widerwillig nickte.

»Okay, du Finsterling. Aber nur, wenn es die Geschäfte hier nicht behindert.«

Baltasar schaute auf seine zerkratzte Armbanduhr. »Ich bin jetzt mindestens schon eine ganze Weile hier«, sagte er, »und kein einziger Kunde. Ist das immer so?«

»Vormittags, ja.« Daniela lächelte spöttisch. »Haben wir dir doch gesagt, oder? Als du eigentlich nen Laden in Nippes aufmachen wolltest.«

»Ich weiß, ich weiß. Da ist mehr los; aber im richtigen Leben, das Arbeiter, Ausländer und Studenten bestreiten, kauft niemand Bücher, außer selten.«

»Und die Lehrer, die Köln-Süd unbewohnbar machen, sind morgens beschäftigt. Hin und wieder kommt wer, aber eigentlich...« Yü blickte Daniela an. »Wir könnten später aufmachen und länger im Bett bleiben, was?«

»Lieber beizeiten spät zu früh als übereiltes Versäumen am Ende.« Matzbach nahm das Zigarrenetui aus der Jackentasche und zündete eine leichte Vormittags-Sumatra an. »Heute ist was? Donnerstag? Was halten wir denn davon, wenn wir bis zum Wochenende die Ohren und Augen öffnen, Bekannte fragen, hemmungslos rumtelefonieren und am Samstag bei sechs bis sieben Flaschen Wein die Ergebnisse zusammentragen? In der Hoffnung, daß es ein schönes Dossier gibt?«

»Nur, wenn du uns mehr von deinem Labyrinth erzählst«, sagte Daniela.

»Mal sehen. – Andere Frage, ihr Vertreiber unlesbarer Bücher. Wann schafft ihr hier endlich Platz für große Mengen Philosophie? Ich will den Kram loswerden. Es beginnt mich zu beengen, versteht ihr? All die kreißenden Gedanken, die nicht einmal Mäuse gebären, nehmen Platz weg, den man besser nutzen könnte.«

Yü grinste. »Wozu willst du ihn denn nutzen? Du schläfst in Hermines Bett, ißt in ihrer Küche, kraulst in ihrer Badewanne und siehst ihr beim Schnitzen zu, in ihrem Atelier. Was willst du denn mit dem Westflügel? Laß die Bibliothek des toten Prof doch einfach, wo sie ist.«

»Vielleicht will ich ein Philosabyrinth bauen.«

Samstags ließ am Vormittag das Geniesel nach, das seit dem mittleren Donnerstag als Mischung aus Sommer und Sauna gedient hatte. Hermine, noch nicht recht zufrieden mit ihrem Kunstwerk, ließ die Schnitzmesser fahren und griff zu Küchengeräten, als Matzbach mit Pflaumen vom Roisdorfer Markt zurückkehrte.

»Hast du sonst noch was mitgebracht? Etwas, was man notfalls essen könnte?«

»Sahne.« Er holte eine Halbliterflasche aus der tiefen Tasche seiner Wohnjacke. »Prummetaat mit Schlagsahne, und wenn Komarek noch hier wäre, hieße es Pflaumenkuchen mit Schlagobers, oder so ähnlich. Immer diese Dialekte. Tu das Messer weg.«

»Ein Lendenstückchen«, sagte sie fast verträumt; die Spitze des Brotmessers ruhte eine knappe Handbreit unterhalb seines Nabels.

»Nix da. Die beiden jungen Leute sind verfressen, und sie verehren deine Kochkunst. Mit was? Mit Recht, jawollo. Also kriegen sie nichts, bis sie beginnen, mich von den aufgetürmten Phallosophen im Westflügel zu befreien.«

»Phallosophen? Ich finde deine Ausdrucksweise ziemlich vulvär, vor allem, wenn ich nicht kochen soll. Was wollen wir denn heute abend essen?«

Er hob die Schultern. »Irgendein Pizzaservice. Das wird sie lehren, mich nicht zwischen Büchern hängen zu lassen.«

Felix Yü und Daniela Dingeldein erschienen gegen halb fünf. Matzbach, der sich weiträumig nutzlos vorkam, wie er sagte, hatte den Tisch auf der Veranda gedeckt und das Kaffeekochen übernommen.

Hermine machte eine eher vage Bemerkung über Baltasars Gemütszustand. Yü schaute von seinem vierten Stück Pflaumentorte mit Sahne auf, kaute, schluckte, sah zuerst Hermine an, dann Matzbach, legte die Kuchengabel beiseite und reckte die Arme zum mattblauen Himmel.

»Nutzlos? Ei freilich. Nutzlos und vollkommen überflüssig. Aber das wissen wir doch seit Jahren. Was ficht Euch an, Himmelsgeborener? Welche Sorte Laus ergötzt sich schlittschuhlaufend auf hochdero Leber?«

Matzbach nahm einen tiefen Schluck aus seiner Nase. »Langeweile. Ich will nicht jammern, aber ich langweile mich. Keine pittoresken Morde. Keine regelmäßige Arbeit in verruchten Spelunken. Keine Schiffe zu versenken, den

Kummerkasten habe ich vor langen Gezeiten abgegeben, weil in diesen würdelosen Tagen niemand meines Rates begehrt. So hocke ich zwischen Philosophen, setze Staub an, altere vor mich hin und fühle mich nutzlos. Und je älter ich werde, desto unwahrscheinlicher werden zwei Dinge: ein gutes Ende und ein bewohnbarer Staat.«

Daniela tupfte ihre Mundwinkel mit einer Papierserviette ab, las den darauf befindlichen Spruch (jemand hatte eine Serie Servietten mit den schlechtesten Gedichten der deutschen Literaturgeschichte in Umlauf gebracht, vor allem Balladen von Schiller, diese auch noch extrem kleingedruckt, so daß man sich beim Lesen anstrengen mußte, um festzustellen, daß es nicht der Mühe wert war), ließ die gesäuberten Winkel sacken, bis tiefes Mitleid, zur Hälfte vermengt mit Hohn, aus ihrer Miene sprach, und schaute zu Hermine hinüber, die gleichmütig in ihrem Kaffee rührte.

»Gibt er einen schlechten Prinzgemahl ab?«

»Ach, er übertreibt ein bißchen. Alles halb so wild.«

Daniela nickte. Mit inniger Wärme in der Stimme sagte sie: »Ja ja, die Andropause ...«

Matzbach grinste. »Danke, ihr tut mir richtig gut. Zum Dank kriegt ihr heute abend sauren Wein und eine Pizza vom Schnelldienst. Ich baue darauf, daß ihr durch ein abstruses Dossier zur Minderung meines Makels beitragt.«

»Abstrus wäre übertrieben.« Yü langte nach einer Plastiktüte, der er Zettel in vielen Farben entnahm. »Tragen wir zusammen? Oder hast du gar nichts rausgekriegt?«

»Doch, aber fangt ihr an.«

»Willst du alle Einzelheiten über die Beschaffung der Beute oder nur die Beute selbst?«

Baltasar rang sich ein Stöhnen ab. »Sprich, holde Dolde des Orients. Sprich mir nicht von Telefonen, unterlaß Gesänge über Wanderschaften, verkneif dir heroisches Gebrüll, das von Unbill beim Schweifen künden soll, red einfach. Je kürzer je würzer, oder so ähnlich.«

»Na gut.« Yü sortierte seine Zettel und sah Hermine an, die sittsam und geduldig (möglicherweise leidend) dreinschaute und auf die gefalteten Hände blickte. Daniela stieß ihn unter dem Tisch mit dem Fuß an.

»Also.« Yü schob die Unterlippe vor, machte aus den Zetteln einen Kartenstoß, mischte vier- bis fünfmal gründlich, nahm selbst ab und steckte dann alles in die Brusttasche. »Gestützt auf das unergründliche Gedächtnis Asiens will ich referieren.«

Matzbach murmelte etwas von unzugänglicher Unergründlichkeit, lauschte dann aber ohne weiteres Geschwätz oder Gebärden des Gespanntseins.

Der von einem glückhaft verblichenen Österreicher observierte Kandidat namens Elias Jüssen, so führte Yü aus, sei Jahrgang '24, habe die vorgeschriebenen Schuljahre in Köln verbracht, mit 18 ein Kriegsabitur abgelegt und sich zu den Fahnen begeben, den seinerzeit ruhmreichen, des weiland Vaterlands, des...

Hermine unterbrach. »Können wir das nicht vielleicht ein bißchen weniger beflaggt und ruhmreich haben? Du mit deinem deutschen Paß...«

»Hochmütige Drachenkuh wird zu bereuen haben«, sagte Yü.

»Drachenkuh!« Hermine klatschte. »So was Nettes hast *du* noch nie zu mir gesagt, Dicker.«

»Ich werde das ändern. Weiter, Chinamännlein!«

Jüssen habe kurze Zeit im besetzten Dänemark Dienst geschoben, danach den Ernst der Dinge an der Ostfront genießen dürfen. Dann habe ein nicht namentlich zu ermittelnder Offizier eine Sondereinheit zusammengestellt, ein paar Dutzend wendige junge Männer mit guten bis perfekten Französischkenntnissen.

»Aus allen möglichen Einheiten, übrigens; gewissermaßen handverlesen. Der kleine Trupp sollte in Zusammenarbeit mit SD, Gestapo und anderen versuchen, die Résistance in Frankreich zu unterwandern, infiltrieren, aushorchen …«

»Es gibt da etliche Verben, die alle nicht stimmen, sich aber gut machen«, sagte Matzbach. »Ich neige den Kopf in Ehrfurcht ob deiner Vokabelbüffelei.«

»Danke; Sie beschämen mich.« Yü nahm einen Schluck von seinem erkalteten Kaffee, schnaubte leise und sprach weiter.

»Die Monde bis zum Untergang des tausendjährigen Jahrzwölfts sind schlecht dokumentiert. Was immer Jüssen in Frankreich getan haben mag … Er hat es jedenfalls geschafft, im Sommer vierundvierzig in Gefangenschaft zu geraten, und offenbar genoß er eine Art Vorzugsbehandlung, was vermutlich mit seinen Résistance-Beziehungen zusammenhängt. Er wurde entlassen, kam ins zerstörte Köln zurück, und es begann der aufhaltsame Aufstieg eines guten Menschen.«

»Wie meinst du das, du guter Mensch aus China wiewohl nicht Sezuan? Guter Mensch? Philanthrop? Gutmensch?«

»O Matzbach, wenn ich ›Gutmensch‹ meinte, hätte ich ›Drecksack‹ gesagt. Oder ›fiese Möpp‹, unter uns Rheinländern.«

»Ihr mit euren Modewörtern.« Hermine goß Kaffee nach, bis auch die dritte Thermoskanne leer war. »Was genau versteht ihr unter ›Gutmensch‹?«

»Was man so darunter versteht, Herrin der Labung.« Yü sah zu den restlichen Stücken Pflaumentorte hinüber und seufzte, als ob er mangelhaftes Fassungsvermögen zu beklagen hätte. »Der gemeine Gutmensch deutscher Fertigung, *homo politicorrectus*, verbindet abstoßende Langeweile mit ätzender Lästigkeit; er vertritt immer alle Positionen, die zur Zeit von der Abteilung Weltverbesserei belegt werden, und zwar vertritt er sie missionarisch. Ein Phänomen, nebenbei – missionarisches Zeitgeistsurfen. Wenn man es so nennen mag. Er ist zum Beispiel gewalttätiger Pazifist, die Umgebung durch Geschwätz verschmutzender Umweltschützer, doktrinär antiautoritär, so was. Richtet pausenlos zur ernstgemeinten Beglückung der Welt neue Inquisitionen ein. Mit einem Wort: widerlich.«

»Könnten wir bitte bei Jüssen bleiben?« Matzbach schaute ernst drein.

»Du, als Meister der ziellosen Abschweifung, wirst schon wissen, was du haben willst«, sagte Yü. »Also bitte. Jüssen muß ein furchtbar guter Mensch sein. Niemand, mit dem ich gesprochen habe, sagt auch nur das Geringste gegen ihn. Dany hat die gleiche Erfahrung gemacht.«

Sie nickte. »Es ist kaum zu glauben. Geschäftliche Konkurrenten loben ihn, selbst Leute von der anderen Partei.«

»Welche?« sagte Matzbach.

»Jüssen ist ein CDU-Mann und wird von SPD-Leuten gelobt. Nicht nur das, sogar die paar Grünen und FDPler, die wir gesprochen haben, scheinen ihn zu lieben.«

»Erstaunlich.« Baltasar wackelte mit dem Kopf. »Das Tollste wäre allerdings, wenn ihn auch die eigenen Leute …«

»Das ist es ja.« Yü breitete die Arme aus. »Ich bitte um Vergeblichkeit für unglaubwürdige Meldungen, aber nicht mal in der CDU hört man ein böses Wort über ihn.«

»Wann etwa wird er heiliggesprochen?« sagte Matzbach. »So was gibt es nicht. Jedenfalls nicht im Rheinland, wo, wie wir alle wissen, die Gehässigkeit Nationaltugend ist.«

»Ich dachte, es wäre Gemütlichkeit«, sagte Daniela. »Aber ich bin ja von der Ahr.«

»Gemütlich ohne gehässig ist blöd. Aber wir wollen das nicht ausdiskutieren; oder jedenfalls nicht jetzt. Sprich weiter, Mensch.«

Yü räusperte sich; dann redete er schnell und konzentriert, wobei er gelegentlich einen seiner Zettel zur Konsultation aus der Brusttasche zuzog. Er gab einen gerafften Überblick: Elias Jüssen als guter Mensch, der im zerstörten Köln billige Wohnungen baute, die trotz aller Billigkeit keineswegs schlecht waren; der mit stummer Billigung des Kardinals das Fringsen in großem Stil betrieb und ganze Eisenbahnwaggons mit Kohle verschwinden ließ, um in den ersten harten Wintern unentgeltlich Brennstoff zu verteilen; der aus trüben Quellen Bier, Wein und Schnaps zapfte und in Umlauf brachte, als es nichts zu trinken gab. »Und«, sagte Yü salbungsvoll, »es hat sich alles bestens ausgezahlt, weil die Menschen, denen dieser gute Mensch half, später, als sie wieder Geld hatten, ihre Geschäfte vor allem mit ihm machen wollten.«

»Eigentlich hatte ich ein Dossier erhofft, kein Märchen.« Matzbach ließ die Mundwinkel sinken, bis sie fast das Niveau der mächtigen Kerbe seines Kinns erreicht hatten. »Für Märchen bin ich zuständig.«

»Das dauert mir alles zu lange.« Hermine stand auf. »Ich geh ein bißchen schnitzen; das hier hält ja keine Sau aus.« Sie wandte sich zum Haus.

»Ich komme mit, wenn ich darf«, sagte Daniela. »Vielleicht kommen die Jungs ja zu Potte, wenn sie sich unbelauscht fühlen.«

»Schade.« Yü schob die Unterlippe vor. »Gerade wollte ich zu den interessanteren Teilen kommen.«

»Dann mach; wir stehen und warten.« Hermine hakte sich bei Daniela ein.

»Ach, das wird mir zu hektisch.« Matzbach stand ebenfalls auf. »Wenn du meinst, du hättest die ganze Sache so im Griff, daß du in weniger als vierundzwanzig Stunden fertig wirst, dann sag Bescheid.«

Yü lächelte dünn. »Na gut, Manöver abgeblasen.«

»Wieso Manöver?« sagte Daniela. »Ah, hat das was mit dem Anruf heute früh zu tun? Du hast da am Telefon was von ›Überraschung‹ gesagt, und Beeilung, und daß wir in Brenig wären.«

»Wer denn?« sagte Matzbach.

Yü klackte mit der Zunge. »Ah nein, so nicht. Entweder rede ich, bis die Überraschung kommt, oder ich reiß mich am Riemen und mach's kurz; aber die Überraschung wird nicht verraten.«

»Dann mach's kurz. So spannend ist deine Überraschung bestimmt nicht.« Matzbach fischte eine längliche Sumatra aus der Brusttasche, zündete sie an und blies Yü Qualm ins Gesicht. Ohne dadurch allerdings den jähen Schwall nüchterner Rede unterbrechen zu können.

Jüssen, sagte Yü, habe viele karitative Dinge getan und damit überraschend gut verdient. Es laufe immer nach einem ähnlichen Schema ab.

»Zum Beispiel so. Eine Baufirma, an der er beteiligt ist, erstellt die Gebäude für ein Altersheim, das Jüssen spendet. Da er spendet, gibt es nie eine öffentliche Ausschreibung; er errichtet das Altersheim aber in einem Ort oder Ortsteil, wo so was gerade dringend gebraucht wird; also beteiligt sich die öffentliche Hand, auch an den Personalkosten. Das Personal wiederum wird – abgesehen von ein paar medizinischen Fachleuten – von einer Firma für Zeitpersonal beschafft, an der Jüssen beteiligt ist. Versorgt wird das Heim von einem Catering-Service, der Jüssen gehört, jedenfalls teilweise. Sagen wir mal so: Er spendet und stiftet und schenkt, und für fast jede Mark, die er stiftet, kriegt er im Lauf der Jahre zwei Mark zurück. Er ist beteiligt an Supermärkten, Industriebetrieben, Werkstätten, Transportfirmen, besitzt Gebäude, unterhält jede Menge Beratungs- und Dienstleistungsbüros, drei Tonstudios, mehrere kleine Film- beziehungsweise Fernsehproduktionen. Und so weiter und so weiter. Und, wie gesagt, er ist ein guter Mensch, den alle lieben.«

»Wo wohnt er?«

»In einer netten kleinen Villa in Ehrenfeld, mit seiner dritten Gattin und ein bißchen Personal.«

Baltasar knurrte leise. »Mag ich alles gar nicht glauben. Was meinen die beiden früheren Gattinnen? Lieben die ihn auch noch? Gibt es Kinder?«

»Zwei Kinder aus der ersten Ehe; die erste Frau ist gestorben, die zweite spricht nur Gutes über ihren Ex-Mann.«

Hermine seufzte und zog Daniela mit sich ins Haus; über die Schulter sagte sie: »Solche Leute gibt's nicht; im richtigen Leben werden die gekreuzigt oder gehen vor der Entmündigung freiwillig ins Kloster. Komm, Dany, ich mag nicht mehr zuhören.«

»Ich auch nicht.« Matzbach stand auf. Unter zusammengezogenen Brauen starrte er auf Yü hinab. »Ich finde, du warst schon besser im Aushecken von Lebensläufen. Kein Wort glaub ich dir davon, hörst du?«

Yü blieb sitzen; sein Lächeln hätte man heiligmäßig nennen können. »Edler Freund«, sagte er sanft, »es bricht mir das Herz, aber keine Silbe von alledem ist erfunden; alles stimmt. Ich mag es doch selbst kaum glauben.«

»Komm, folgen wir den Mädels; da gibt's Whisky. Und beim Whisky können wir die Unstimmigkeiten sortieren.« »Was für Unstimmigkeiten?«

»Später; komm schon.«

Im Hausflur nahm er Yüs Arm und sagte leise: »Laß mich raten. Was die Überraschung angeht, meine ich.«

Yü grinste. »Das errätst du nicht.«

»Ah bah. Ich hab's schon, wetten?«

»Das würde mich verblüffen.«

»Wenn du dumm rumreden willst, bis er oder sie kommt, kann das nur heißen, es ist jemand, der möglicherweise helfen kann oder soll und deshalb die Geschichte, die richtige, meine ich, mithören sollte. Richtig?«

Yü hob stumm die Schultern.

»Das schränkt die Auswahl ein. Ferner muß es sich um jemanden handeln, den wir alle kennen – alle hier, meine ich; sonst wär's ja keine richtige Überraschung für alle. Außerdem muß es einer sein, der Grund hat, dich anzurufen. Und einer, mit dem hier wirklich keiner rechnet, also nicht etwa jemand aus Bonn oder Köln.«

Inzwischen hatten sie den Eingang zu Hermines Atelier erreicht. Unter dem Türsturz sagte Yü:

»Nicht schlecht; du verblüffst mich. Und? Wer ist es?«

»Wir wollen doch die Überraschung wenigstens teilweise genießen, was?« sagte Matzbach; er näherte seinen Mund dem linken Ohr des Chinesen und flüsterte einen Namen.

»Treffer«, sagte Yü matt. »Hätt ich nicht gedacht.«

»Was wollt ihr denn hier?« Hermine hielt eines ihrer Schnitzmesser wurfbereit in der Rechten.

Daniela hatte sich auf die Fensterbank gehockt und beobachtete die Sargbar, als ob sie damit rechnete, dort eine Knochenhand mit Sense oder gefülltem Glas auftauchen zu sehen.

»Wir wollten die zwei Ungereimtheiten des Märchens bereden«, sagte Matzbach. »Ah, und da kommt die Überraschung.« Mit dem Kopf deutete er zum Innenhof, wo ein schepperndes Dieseltaxi (so hörte es sich jedenfalls an) laut bremste und sich beim Aussteigen des Passagiers zu schütteln schien. Vielleicht würgte es ihn aus.

»Ich laß mich überraschen und kuck nicht aus dem Fenster.« Hermine drehte sich so, daß sie mit dem Rücken zum Innenhof stand. »Was für Ungereimtheiten hast du denn in diesem ganz und gar reimlosen Märchen gefunden?«

Matzbach wies auf die halbfertige Holzbüste. »Der da soll sein Konterfei zum Geburtstag kriegen, nicht wahr? Zum Sechzigsten, wie ich hörte. Elias Jüssen ist aber Jahrgang vierundzwanzig, folglich, da wir längst nicht mehr anno vierundachtzig haben, zu alt für den Sechzigsten. So daß ich mich frage: Wo bleibt der Altersunterschied?«

»Ah«, sagte Yü. »Da ist was dran.«

»Freut mich, daß du das sagst. Zweitens – ah nein, erstens. Die Frage des Startkapitals. Wo hatte Jüssen die Knete für seine erste Caritasnummer her?«

»Ih«, sagte Yü. »Di ist wis drin.«

»Ferner habe ich mich auch ein bißchen umgehört und dabei festgestellt, daß der Mann, der den guten Czerny in der Kneipe totgeschlagen hat, gar nicht für Elias Jüssen arbeitet, sondern ...«

Jemand hustete theatralisch auf dem Gang zwischen Wohntrakt und Atelier. Dann tauchte eine kleinwüchsige Person auf, mit ungeheuer breitem Grinsen.

Daniela stieß einen Quieklaut aus und rutschte von der Fensterbank. Hermine strahlte den Neuankömmling an.

»Zaches!« sagte sie. »Ich denk, du bist auf Samoa?«

3. Kapitel

Der Zwerg sieht weiter als der Riese,
wenn er auf dessen Schultern steigen kann.

Samuel Taylor Coleridge

»Ich hätte die Postkarte nicht schreiben dürfen; das hat so was wie Heimweh ausgelöst.« Der Zwerg saß auf dem Sargdeckel; im Hintergrund war Randy Newmans Gesang gegen *Short People* zu hören, den Matzbach mit feinem Gespür als Begrüßungsfanfare gewählt hatte.

Zaches, moldawischer Halbzigeuner, 1,44 groß, hatte sich nach Jahren guter Arbeit als Rausschmeißer und Bodyguard in einem Frankfurter Puff auf Wanderschaft begeben: zu Fuß durch Europa. Eine längere Etappe auf dem Weg (Ziel war eigentlich Neuseeland oder Australien, oder beides) war ihm Bonn gewesen, wo er für Matzbach und Yü Hilfsarbeiten als Kellner und Bootsführer getan hatte. Sein hinlänglicher Anteil der reichlichen Beute aus Matzbachs letztem »Fall« war durch ein Round-the-World-Ticket von British Airways kaum angeknabbert worden.

»Man sollte überhaupt keine Postkarten schreiben«, sagte Matzbach. »Die Daheimgebliebenen werden neidisch, die Reisenden erleiden nostalgische Schübe, und die internationalen Postdienste haben mehr zu verschusseln.«

»Wie sind denn die Damen auf Samoa?« sagte Daniela.

»Fleischig, geräumig, entgegenkommend.« Zaches schnalzte. »Selten weniger als zwei, und insgesamt habe ich mich gut benommen; danke der Nachfrage. Ihr würdet euch nicht für mich schämen müssen, wenn ihr je dahin reist.«

»Ladykiller«, knurrte Yü. »Das Große am Kleinen, was? Hast du doch behauptet.«

»Irgendwann zeig ich's dir mal, Chef.«

Yü schüttelte sich.

»Und ihr sitzt wieder mitten in einer hübschen Affaire?«

»Noch ganz am Anfang.« Baltasar stellte das begonnene Whiskeyglas (Bushmill's) auf die Fensterbank neben Daniela. »Du kommst sozusagen wie gerufen. Es wäre in Köln eine Kellnerin zu beschmusen.«

Zaches lächelte breit. »Gut, sehr gut. Wann fang ich an? Und was springt dabei heraus?«

»Morgen, von mir aus, was anfangen angeht. Und was springt heraus? Tja, wenn man das jetzt schon wüßte.«

»Raus hier«, sagte Hermine. »Wenn ihr jetzt wieder anfangt, diese ganze windige Sache durchzuhecheln, dann raus mit euch. Spielt in einem anderen Sandkasten, nicht in meinem. Daniela und ich wollen ein bißchen tratschen, unter Frauen, nicht noch mal diesen Käse anhören müssen.« Yü blickte Matzbach an. »Wohin? Nach drüben?«

»Ah, gute Idee.« Matzbach nahm die angebrochene Flasche und sein Glas. »Ich wollte dir schon lange mal die interessante Sammlung philosophischer Werke zeigen, die sich drüben befindet. Interessierst du dich für Philosophie?«

»Schwarzes Schwein.«

Matzbach, Yü und Zaches, bewehrt mit Getränken, durchquerten den Innenhof, um sich in den Westflügel zu begeben. Der Zwerg musterte liebevoll die alte DS 21.

»Ist aber wieder fein hergerichtet, was, Boß? Wer hat das gemacht?«

»Dieser Mechaniker, Neffe eines toten Onkels.«

Zaches pfiff mißtönend durch die Zähne. »Die Sache hattest du doch aufgeklärt, mit Yüs Hilfe, oder? Und als Dank hat der Junge dir die Bibliothek vom Alten vermacht. Wieviel hat er für die Arbeit an der DS genommen?«

»Du irrst.« Matzbach blieb stehen, eine Hand an der Klinke der Haupttür zum Westflügel. »Die unlesbaren Bücher wollte er dringend loswerden, und ich hab sie nur angenommen unter der Bedingung, daß er den Wagen wieder schönmacht.«

»Gutes Geschäft. Und um was geht's jetzt?«

Dann standen sie in der getäfelten Halle, die einmal Stall gewesen war, und Zaches riß die Augen auf. »Porca Madonna«, sagte er.

An den Wänden des etwa 200 m² großen, fast vier Meter hohen Raums standen Regale, teilweise gefüllt mit Büchern, aber es blieb noch viel Platz. Ein langer Refektoriumstisch aus nahezu schwarzem Holz, gute zehn Meter lang, stand in zwei Schritten Abstand zur östlichen Regalwand; auf ihm türmten sich Bücher, schwankende Schartekenstapel. Gegenüber, vor der westlichen Wand, mit ebenfalls etwa zwei Schritten Freiraum, schlängelte sich eine Konstruktion aus groben Böcken und durchgebogenen Brettern, auf denen Bücher gen Himmel wucherten. Bücher in Pyramiden bedeckten den Boden, standen in langen Reihen wie Dominosteine unter dem Refektoriumstisch, ruhten in schwindelerregenden Arrangements auf Stühlen.

Yü faltete die Hände auf dem Rücken, ging zur Westseite und blickte durchs Fenster auf die Obstgärten, die sich zum Ort und zum Kamm des Vorgebirges hin erstreckten. »Schönes Wetter«, sagte er.

»Lenin«, murmelte Zaches; er ging mit extrem geneigtem Kopf einen gelassenen Slalom durch die Reihen. »Marx. Mao. Hegel. Spinoza. Platon. Thomas. Kenn ich alle nicht, will ich alle nicht kennenlernen.«

»Ah, du auch nicht?« Yü wandte sich ihm zu, wippte auf den Fußspitzen und nickte heftig. »Ist das nicht widerlich? Ceauşescu und andere bedeutende Pillosofen stecken da auch, und das Ganze soll ich für ihn verkaufen...«

»Ein toter Österreicher, nicht mehr verkäuflich«, sagte Matzbach. »Hat sich mal in bretonischen Labyrinthen herumgetrieben.«

»Dann geschieht's ihm recht, daß er jetzt tot ist. Was war mit der zu beschmusenden Kellnerin?«

»Die hat er beschmust und wurde von ihrem Galan niedergemetzelt. Zu Boden geschlagen, hat sich den Hals gebrochen oder so, und schwups war er hinüber.«

Zaches trank seinen irischen Whiskey und stellte das leere Glas auf eine kritische Alkuin-Ausgabe. Während er versuchte, ohne allzu große Verwüstungen einen Stuhl freizuräumen, sagte er: »Na gut, klingt, als ob das genau meine Kragenweite wäre. Worum geht's denn bei alledem?«

»Nicht um Philosophie«, sagte Yü. »Allenfalls um Ethik. Und wie wir Matzbach kennen, vor allem um Knete.«

»Knete?« Der Zwerg wuchtete einen Folianten hoch, drehte sich mit ihm, ließ ihn über unbelegtem Grund fallen, hustete in die Staubwolke und setzte sich endlich. »Ah. Descartes ist ein bißchen angestaubt, was? Knete, sagst du?«

Vor dem fensterlosen Kopf- bzw. Südende der Halle stand eine Art Paravent. Matzbach schlenderte beiläufig hin, verschwand dahinter, kramte ächzend und kehrte mit einem Barhocker und einem Lederpuff zurück, den er Yü vor die Füße fallen ließ.

»Knete.« Er klomm auf den Barhocker, nahm das abgestellte Glas von einem Bücherstapel, trank, stellte es zurück und deutete auf Zaches. »Du da, Zwerg, erinnerst du dich an die letzte Runde?« Er klang ein wenig theatralisch.

»Und wie, Boß. War schön, ein bißchen naß und sehr lukrativ. Abermals danke. Wolltest du das hören? Soll ich knien?«

»Nee; dann würde man dich ja überhaupt nicht mehr sehen. Was ich damit andeuten will: Hat einer von euch Gründe, daran zu zweifeln, daß auch bei diesem Unterfangen, um das wir hier herumreden, etwas herausspringt?«

Yü zupfte seine Hosenbeine zurecht, ließ sich auf den Puff sinken und knurrte etwas.

»Könntet Ihr das deutlicher sagen, Chinese?«

»Als wir uns kennengelernt haben, gab es einige Leichen, und wenn ich mich nicht sehr irre, sind dabei auch größere Beträge vernichtet worden.«

Matzbach nickte. »Du vergißt aber, daß das, was übrigblieb, erheblich mehr war als das, was vor der Geldmengenvertilgung verfügbar war.«*

»Schon recht.« Yü betrachtete seinen linken kleinen Finger, schob ihn zwischen die Zähne und biß einen Fetzen toter Haut ab. Er kaute darauf herum; dabei sagte er: »Wie Konfuzius, oder war es Lao-tse, schon so treffend bemerkte, soll man die Stalltür dankbar schließen, wenn am Ende der Stampede mehr Gäule vorhanden sind als vorher. Vor allem, wenn der Besitzer der schönen Tiere vergessen hat, am Leben zu bleiben.«

Zaches streckte die Hand aus; er deutete auf die Whiskeyflasche, die neben Matzbach zwischen zwei Büchertürmen verkümmerte.

»Darf ich noch mal... Danke. Also, ich bin dabei. Ihr habt ja keine Ahnung, wie langweilig so eine Weltreise sein kann. Immer nur nette Menschen, die Trinkgeld haben wollen, und warmherzige Frauen, die einem kleinen Mann beim teilweisen Wachstum zusehen, überhaupt keine Leichen, nix *action*... bah. Was liegt also an? Ich höre und gehorche – möglicherweise. Ist Tshato mit von der Partie?«

»Der Fürst der Ashanti beschläft seine üppige Bonnerin und sollte nur gestört werden, wenn Bedarf an großen schwarzen Kriegern besteht. Kann noch kommen. Man wird sehen.«

* vgl. *Matzbachs Nabel*.

Sie nahmen den fetten BMW und besichtigten die Gegenden in Köln, in denen sich Czerny vor seinem Verbleichen herumgetrieben hatte. Daniela sah derweil Hermine beim Schnitzen zu; der einzige Kommentar der beiden Damen war: Wenn die Schufte beim Gammeln noch ein paar Sekunden fürs Denken erübrigen könnten, sollten sie doch erwägen, daß man, statt den Pizza-Dienst zu mißbrauchen, auch ein richtiges Lokal aufsuchen könnte, notfalls mit der Ausrede »zu Ehren von Zaches«. Matzbachs Bemerkung, er kenne kein dafür ausreichend winziges Lokal, wurde mit spitzigen Blicken und einer Messerdrohung beantwortet.

Von Jüssens Villa war nicht viel zu sehen; so etwas wie spätionische Säulen samt marmornem Vordach glomm durch geringe Lücken einer Ligusterhecke, hinter der – etwa zehn Meter entfernt – zusätzlich eine Buchenhecke stand.

»Vielleicht ein Graben? Verhaue? Eingegrabene Pfeilspitzen?« murrte Matzbach, als sie langsam weiterfuhren.

»Wer sich nicht wehrt...« sagte Zaches, der auf dem Rücksitz thronte und vergebens versuchte, Baltasars Rückenlehne mit den Füßen zu erreichen.

»Unselig die Wehrlosen, denn sie wird das Land besitzen«, sagte Yü.

»Ganz schlecht; was ist los mit dir?« Matzbach blickte ihn beinahe besorgt an. »Lümmelt sich auf dem Beifahrersitz und redet Unfug; ist Er krank?«

»Wohin jetzt?« sagte Zaches.

»Köln-Süd; gewissermaßen ein Heimspiel für diesen Antiquar, der meine Philosophen nicht haben will.«

Yü keckerte. »Meng-tse sagt, daß dem Tugendhaften die

Verunglimpfung durch einen Unhold holder Glimpf ist. Hörst du? Du glimpfst mich.«

»Nicht weit von hier residiert seit Jahren eine Gesellschaft zur Stärkung der Verben. Was würden die wohl daraus machen – glimpfen, glompf, geglumpfen? O glömpfe ich nimmer einen Chinesen.«

»Wieso Köln-Süd?« sagte Zaches.

»Gesellschaft zur Stärkung der Verben?« sagte Yü. »Klingt wunderbar. Auch eine Art Kampfsport, was? Gibt's die noch, oder ist sie vom Winde verwohen?«

Matzbach schnalzte feucht. »Verwohen? Dafür ist dir die Hälfte deiner heutigen Sünden erlassen, mein Sohn. Und ob es die Gesellschaft noch gibt! Ich war länger nicht mehr da, aber manchmal telefonier ich mit der Vorsitzenden.«

»Wieso Köln-Süd?« sagte Zaches. »Bloß so, zwischendurch, als Frage von einem ignorierten Zwerg. Ignororenen Zworg.«

»Da befindet sich die Kneipe *Zum Goldenen Kappeskopp* – heißt wirklich so –, wo der unzureichend betrauerte Österreicher aus dem Leben gestoßen wurde. Wo ein Herr Würselen die Fäuste schwang. Wo dessen Konkubine kellnert oder zapft oder so. Wo du diese beschmusen sollst.«

»Würselen?« Zaches stöhnte. »Muß ich mich wirklich mit einem anlegen, der *so* heißt? Hast du nicht mal nen netten Namen für mich?«

»Dein Name ist nett genug.«

»Ich glaube, da, wo du hin willst, findet heute ein Straßenfest statt«, sagte Yü. »Bringst du es übers Herz, ein paar Schritte zu wandern?«

»Herz vielleicht, aber Füße?«

Nach etlichen Runden um etliche Blocks stellte Matzbach den Wagen protestierend auf einem Parkplatz nahe MacDonald's ab und folgte den beiden ins hör- und sichtbare Getümmel zwischen Bonner und Mainzer Straße. Yü und Zaches unterhielten sich angeregt über Weltreisen, Buchläden und Wohnungspreise in Köln-Süd; Baltasar nutzte die relative Stille, um die Welt zu vergessen und an Czerny zu denken.

Die Welt brachte sich unsanft in Erinnerung. Nicht die Bierstände störten Matzbachs Meditation, auch nicht Inline-Skater, die an ihm vorbeisausten, oder die alles überlappenden Musikteppiche, die hier und da ausgerollt wurden und sich überall zu neuen Scheußlichkeiten verknüpften, Humbahumba und Techno zu etwas erhoben, das keinen Namen hatte und (wie Matzbach, als er es irgendwie registrierte, ohne es zu bemerken, im Hinterkopf befand) als Dauerberieselung in Folterkellern angebracht wäre. Es war durchaus möglich und sogar passend, dabei an tote Österreicher zu Lebzeiten zu denken.

Ausnahmsweise focht ihn nicht einmal die von untalentierten Sprühern und Pinslern betriebene Demolierung der öffentlichen Rest-Ästhetik an; für gewöhnlich lösten Wände, auf denen ein *sgraffitto* ins andere überging, bei ihm etwas aus, das er Emblemkoller nannte – oder Harnhohn, die Verfertiger der *sgraffitti* betreffend, die »überall rumpissen, während Köter nur da strullen, wo noch keiner feuchte Landnahme begangen hat«. Trefflich ließ sich bei Betrachtung der geschändeten Mauerflächen des austrischen Wanderburschen gedenken, der an einem fernen Tag obszöne Bemerkungen auf einem Stück Wand des bretonischen Labyrinths hinterlassen hatte.

Köter, Tauben, Ratten, menschliche Frettchen ... Nichts von alledem störte ihn, auch nicht die plötzlich auftauchenden Schützenbrüder, die mitten auf der Straße eine Marschbresche ins Gewimmel trampelten; nicht die überaus gesunden Früchte eines Standes, bei dessen Anblick er zerstreut an große Mengen Fleisch dachte; nicht die großen Mengen mehr oder minder bloßen Fleischs, das einheimische Damen herumtrugen, oder die dunklen Verhüllungen ähnlicher Massen bei den Dönerständen.

All dies litt er und litt daran nicht; nichts davon hemmte seiner Gedanken emsige Trägheit – wohl aber drei sittsam gekleidete junge Leute, die Pamphlete verteilten und dabei zwanghaft lächelten. Yü und Zaches versuchten, rechts und links auszuweichen; einer der jungen Männer hielt Yü am Ärmel fest und stand einfach so da, als der zerstreute Matzbach gegen ihn prallte.

»Ah, tut mir leid«, sagte Baltasar; er half dem Jungen auf die Beine und richtete Yü auf, der ebenfalls getaumelt war.

»Macht nichts.« Der junge Mann strahlte, bleckte die Zähne und reichte Matzbach eines der Pamphlete. »Jesus ist die Antwort«, sagte er dabei.

»Ah, das tut mir auch leid.«

»Bitte?«

»All die unnütze Mühe. Ich hab doch gar keine Frage gestellt. Kommt, Freunde, wir sind gleich da.«

Vor dem Lokal drängten sich die Dürstenden um sieben Stehtische, bedudelt von einem echt antiken Leierkasten mit Handkurbel, den ein einarmiger Eskimo bediente.

Jedenfalls sah der Mann aus, als habe er lange mit schmalen Augen in die Polarsonne geblickt.

»Der braucht eigentlich noch ein Äffchen«, sagte Zaches.

Matzbach knurrte: »Du sollst hier nicht klettern. Und außerdem bin ich für solche Bemerkungen zuständig.«

Eine Kellnerin erschien, mit einem Kölschrad; die Gläser wurden ihr nicht aus der Hand, sondern gleich vom Lochtablett gerissen. Ein dürres Männlein sagte mit knarrender Stimme: »Danke, Trüüdchen.« Ein anderer, weit hinten im Gedränge und für Matzbach unsichtbar, brach in eine Art Gesang aus: »Trudi Trudi Trallala – hoch soll se leben.«

»Trinken wir jetzt einen oder doch?« sagte Yü. »Mich dürstet, und nichts ist vollbracht.«

»Na gut. Hier ist aber nichts mehr frei; gehen wir rein.« Matzbach übernahm die Führung; wie ein massiger Rammbock bahnte er einen Weg durchs Gequirle zum Tresen, wo er den letzten unbeanspruchten Eckplatz enterte.

»Bist du im Zeichen des Widders geboren?« sagte Yü.

»Määääh.« Das war nicht als Antwort gedacht und erregte die Aufmerksamkeit des Zapfers.

»Hn?«

»Drei Kölsch«, sagte Matzbach. »Und noch mal drei.«

»Mhm.« Der Mann wandte sich wieder den Hähnen zu.

»Komisches Lokal«, sagte Matzbach leise. »Ich trinke freiwillig Kölsch, der Zappes äußert sich nur in Konsonanten, der Köbes ist ne Frau namens Trudi, also, ich weiß nicht.«

Auf einem hohen Bord hinterm Tresen prangten neben

den üblichen Pokalen (zu weit, zu hoch, die Schrift zu klein zum Lesen, aber Matzbach bildete sich ein, daß zumindest einer etwas wie ein Wettsaufen verkündete) einträchtig dreierlei Wimpel, von den jeweiligen Bezirksgruppen der CDU, der SPD und der Grünen, daneben lehnten drei zerzauste und zweifellos ältere Teddybären.

Yü war Matzbachs Blicken gefolgt; er hob das erste fertige Glas, trank, leckte sich den dünnen Schaum von der Oberlippe und sagte: »Ob die Bären für die FDP da sitzen? Oder für Karneval?«

Matzbach zog eine Zigarre aus der Brusttasche des Hemds und berührte mit ihr Zaches' Ohr. »Du da. Die da.«

»Ach so.« Der Zwerg wandte den Kopf und sah der Kellnerin zu, die eben mit dem nächsten Rad hinausging. »Die beschmus ich aber gern. Ist der zuständige Monsieur auch da? Der mit den Fäusten?«

»Keine Ahnung.«

Yü hob die Hand, als der Zapfer zufällig wieder zu ihnen schaute. »Ist der Würselen da?«

Kopfschütteln.

»Diesmal nicht mal Konsonanten. Na gut. Ist aber nicht der richtige Tag fürs Schmusen, glaub ich. Zuviel los.«

»Das meinst du.«

Zaches hatte sein erstes Glas geleert. Als die Kellnerin zurückkam, stellte er es in die letzte freie Vertiefung ihres Tabletts, berührte flüchtig ihren Arm mit der Kuppe des Zeigefingers und sagte etwas. Yü und Matzbach, hinter ihm, konnten weder seine Mimik beobachten noch verstehen, was er da absonderte. Die Kellnerin lachte; ihr hübsches, von wohl nicht nur erfreulichen Tagen und Nächten gemasertes Gesicht bestand plötzlich aus tanzenden Einzelteilen. Sie beugte sich zu Zaches, flüsterte ihm etwas ins Ohr, richtete sich wieder auf, kicherte und ging zum Tresen.

»Wie geht das?« sagte Yü.

»Wird nicht verraten. Da könnte ja jeder kommen. Und Dany will bestimmt nicht, daß ich dich anlerne.«

»Immerhin, der erste Schritt.« Matzbach legte einen Zwanziger auf den Tresen. »Mich ödet das hier an; zuviel Lärm, zuviel Volk, zuviel Ladykiller. Was ist mit euch?«

»Der Weise, der seine Grenzen kennt, sollte sich jenseits derselben aufhalten«, sagte Yü. »Wie schon Tschu En-lai bemerkte, ist nichts dem intellektuellen Wachstum so förderlich wie schlechte Erfahrungen. Da ich aber heute nicht mehr wachsen will, würde ich sagen, laßt uns heimkehren zu den holden Frauen.«

»Was passiert mit dem Wechselgeld?« Zaches deutete auf den Tresen, wo der Zapfer eben nach dem Schein griff.

»Etwelche Vorschläge?« Matzbach versuchte, im Gesicht des Kleinen zu lesen.

»Wenn ich darf...«

Baltasar hob die Schultern. »Von mir aus.«

Zaches nahm das Restgeld und ging zur Kellnerin, die eben die nächste Ladung gefüllter Kölschgläser verstaute. Er zupfte an ihrer Lederschürze, ließ die Münzen in die Schürzentasche gleiten und sagte etwas. Sie lächelte, bückte sich, hauchte ihm einen Kuß auf den rötlich-grauen Scheitel und griff zum Tablett.

»Anzahlung für die nächste Runde«, sagte Zaches, als sie sich ein paar Schritte vom Lokal entfernt hatten.

»Was? Die Knete oder der Glatzenkuß?«

Zaches machte *tsk tsk tsk.* »Fällt nicht einem deiner toten Chinesen irgendwas dazu ein?«

Yü zögerte; dann sagte er: »Wie es in jeder guten Familie eine Hure gibt, so auch in jedem anständigen Haushalt ein schwarzes Schwein. Und wenn der Wohnraum begrenzt ist, sucht man sich dafür eben ein Ferkel.«

Hermine und Daniela saßen am kleinen Kirschbaumtisch im Atelier; es roch nach frischem Kaffee.

»Na, Jungs, genug Unfug gemacht für heute?« Hermine spielte mit einem Schnitzmesser und sah den Männern entgegen.

Matzbach räusperte sich. »Da stehen zwar neben euren beiden noch drei leere Becher, aber anstandshalber frage ich mal, ob ihr sonstige Gäste erwartet oder ob wir uns setzen dürfen.«

»Unter gewissen Bedingungen.«

»Ah, gut. Dann wollen wir uns aber zum Feilschen hinsetzen; im Sitzen kann man einander besser über den Tisch ziehen.«

Daniela, den Rücken zur Tür, wandte sich um. »Kommt in die Sandkiste; ihr dürft mitspielen.«

»Wir versprechen, euch nicht in die Förmchen zu kacken«, sagte Yü. »An Samstagen bringt das nämlich Unglück.«

»Und? Ist was dabei rausgekommen?« Hermine blickte sie der Reihe nach an. »Zaches sieht so aus, als ob er einen Coup gelandet hätte. Oder eine Kuh.«

Zaches kniete auf einem der gepolsterten Stühle nieder

und goß sich Kaffee ein. »Keine Kuh, überhaupt nicht«, sagte er dabei. »Nettes Mädel, würd ich mal sagen.«

»Erzählen!«

»Später.« Matzbach schnitt das Ende von einer Macanudo und betrachtete die Zigarre, als ob es sich um einen Zauberstab zur Verfertigung obszöner Zustände handle. »Was für Bedingungen?« Er setzte sich neben Daniela und grinste Hermine an.

»Ihr kriegt nur Kaffee, wenn ihr erstens erzählt, was ihr gemacht habt, vor allem Zaches; und wenn du zweitens endlich mit einem Bericht über dein bretonisches Labyrinth rausrückst.«

»Na ja. Werd ich Zaches am Angeben hindern?«

»Nee, Boß, wirst du nicht. Ist auch ganz einfach. Wir haben uns die Hütte von diesem Jüssen angesehen, von außen; alles Hecken und Gräben und Marmor, vielleicht eine kleine MG-Stellung gut versteckt dazwischen. Und danach waren wir in der Kneipe, in der Czerny sich den Hals gebrochen hat. Viel Volk; da ist so ne Art Straßenfest, und das macht durstig. Die Kellnerin, Trudi, alias Trüüdchen, hat lange Beine und kann nett lächeln. Wir haben uns für demnächst verabredet. Der fäusteschwingende Herr Würselen war abwesend. Gut so?«

Daniela machte große Augen. »Verabredet? Wie hast du das so schnell hingekriegt?«

Zaches lächelte sie an. »Wird nicht verraten; wir beide wollen doch nicht, daß Yü was lernt, oder?«

»Dann erzähl's mir demnächst, wenn er nicht zuhört.«

»Seid ihr denn sicher, daß diese Trudi die Kellnerin ist, um die es geht?« sagte Hermine.

»Klar.« Matzbach legte die eben angezündete Zigarre in den Aschenbecher, um einen Schluck Kaffee zu trinken. »Erstens gibt es da wohl nur die eine; und zweitens stand ihr Name in den Papieren von Komarek. Gertrud Stein.«

»Auch das noch...«

»Wie man's nimmt; jedenfalls glaub ich nicht, daß die da zwei Kellnerinnen namens Gertrud haben.«

»Und?« Hermine schien ernstlich interessiert. »Hast du dich wirklich einfach so mit ihr verabreden können?«

Zaches senkte die Lider und blickte bescheiden auf seinen Becher hinab. »Sie konnte meinem Charme nicht widerstehen. Ich glaube, das wird nett mit ihr.«

Trotz wiederholter Nachfragen weigerte er sich, mehr zu sagen außer: »Die Geheimnisse der Technik, ihr Lieben.«

»Na gut.« Hermine schüttelte den Kopf; lächelnd wandte sie sich an Matzbach. »Also, was war mit deinem bretonischen Labyrinth?«

»Die Geheimnisse der Technik, ihr Lieben.«

»Das ist albern. Nun spuck's doch endlich aus.«

»Also, dieses Labyrinth«, sagte Matzbach. »Das ist eine ziemlich wirre Angelegenheit.«

»Haben Labyrinthe so an sich.« Yü bleckte die Zähne. »Wie sah es aus? Grünes Holz? Gelbe Pappe mit Ranken? Lila Steine?«

»Anders.«

Hermine legte das Schnitzmesser auf ihn an. »Anders? O ihr Götter... Kannst du nicht mal ein bißchen ausführlicher werden?«

»Keineswegs.« Baltasar blickte betroffen bis bukolisch. »Zu meinem bleibenden Glück gehört ein selektives Gedächtnis; andernfalls blieben mir zu viele Erinnerungen, und die stehen, wie wir wissen, fast immer dem Glück im Weg.«

Hermine stand auf, kam um den Tisch und legte die Klinge an Matzbachs Adamsapfel. »Sprich, Erinnerung«, sagte sie. »Sprich schnell – oder schweig für immer.«

Matzbach schluckte mehrfach; die Klinge tanzte ein wenig mit. »Ach, dann doch lieber schweigen«, knurrte er. »In diesem unserem Lande wird ohnehin zuviel Dreck gelabert.«

»Was war jetzt mit dem Abendessen?« sagte Yü. Er stand, den Becher in der Linken, hinter Daniela, deren rechte Schulter er kraulte. »Ich krieg allmählich Hunger.«

»Hast du bei deinen Recherchen jemanden gefunden, der dir als Verbindungsmann zu Jüssen dienen könnte? Und nimm doch bitte das Messer weg, Herzallerliebste mein.«

»Du hast kein Herz«, sagte Hermine; sie ging zurück zu ihrem Stuhl.

»Hab ich; warum?« sagte Yü.

»Diese sogenannte Ermittlung …« Baltasar klang beinahe verbittert. »Ohne Gewalt, bisher; null *action*. Sieht mir aber nicht mal aus wie ein gewöhnliches Puzzle; eher wie … ah bah, ein Schmusemord. Allgemeines Streicheln angesagt. Zaches wird seinen Zwerg zweifellos in der guten Trudi verstecken; und was machen wir inzwischen?«

»Gehet hin und tut desgleichen.« Daniela gluckste.

»Du wolltest doch immer schon eine eigene Kampfsportschule haben, nicht wahr?«

Yü spitzte förmlich die Ohren. Die anderen waren plötzlich ernst und aufmerksam.

»Was wird das?« sagte Hermine. »Kampfsportschule?«

Matzbach sog an der Macanudo, hustete und legte sie wieder beiseite. »Folgendes. Ah, eh ich das vergesse. Zaches – wo willst du hausen?«

»Hier, da, dort.« Er runzelte die Stirn. »Dank deiner großzügigen Verteilung nach der Spelunkenaffaire kann ich mir ja sogar ein teures Hotel in Köln leisten.«

»Du kannst doch hier wohnen«, sagte Hermine. »Wenn du magst, heißt das natürlich.«

Zaches streckte den Arm aus, ergriff Hermines Hand und drückte einen lautstarken Schmatz darauf. »Das ist sehr lieb, und heute nehm ich das bestimmt an. Aber... ich glaube, der Dicke hat was vor. Seh ich das richtig, daß ich mich irgendwie in der Nähe vom *Goldenen Kappes* rumtreiben sollte?«

»In Trudis Nähe, genauer. Und versuch doch mal rauszukriegen, was es mit diesen Teddybären auf sich hat.«

»Teddybären?« Daniela stöhnte. »Wer fängt hier was mit Teddybären an?«

»Ein paar ältere Exemplare; sehen aus wie Sammlerstücke«, sagte Matzbach. »Die stellt man aber normalerweise nicht in den Schmutz einer Kneipenatmosphäre, oder? Gehören in einen Tresor, wenn sie wirklich echt antik sind.«

»Wird geklärt, Boß«, sagte Zaches. »Sonst was?«

»Ja. Wem gehört die Kneipe?«

»Das kann ich dir sagen.« Der Chinese verbeugte sich. »Besitzer ist ein Mensch namens Lanzerath. Hat seine Pfoten in vielen Töpfen.«

Baltasar blickte zu Yü auf und legte eine Hand auf

Danielas Arm. »Ihr wohnt doch nur fünf Minuten von der Kneipe weg; habt ihr Platz für Zaches?«

»Bis Trudi Platz schafft, meinst du? Ja, kein Problem.«

Zaches wiederholte die Handbeschmusung, ebenso lautstark wie zuvor.

»Teddys«, sagte Yü; er schlürfte aus seinem Becher, schluckte und knurrte etwas Unverständliches. »Teddys zum zweiten. Zaches. Seh ich alles ein, und ich werd ihn eskortieren, wenn er in die Kneipe geht. Könnt ja sein, daß Herr Würselen da ist und etwas gegen die weitere Planung hat. Aber was soll das mit der Kampfsportschule? Soll ich deine Philosophenbücher per Karateschlag vernichten?«

»Wir werden uns gleich nach Bonn begeben, wenn niemand was dagegen hat, und ein paar Häppchen essen.«

»Ah, kein Pizzaservice! Woran denkst du?«

»Edle Kebse, ich weiß es noch nicht. Laß uns einfach ein bißchen durchs Zentrum laufen und sehen, wonach uns der Magen knurrt. Dabei werden wir das Weitere beraten.«

Yü blies die Wangen auf. »Nix da. Erst sagen, worum es geht; danach überleg ich, ob ich überhaupt mit dir esse.«

»Ganz einfach.« Matzbach nahm die Zigarre wieder auf, lutschte, sog, stieß eine Qualmwolke aus und ließ den karibischen Stengel zwischen den Zähnen, als er weitersprach. »Wir suchen uns ein nettes teures Grundstück außerhalb von Köln – Frechen? Bergheim? Mal sehen. Dann entwerfen wir eine Sportschule, alles innerhalb von fünf Stunden oder so, und du wirst deinen Mittelsmann anspitzen, daß er dir einen Termin mit Jüssen beschafft.«

»Wozu?«

»Du willst ihm ein interessantes Projekt vorschlagen:

Beteiligung an einer luxuriösen Kampfsportschule mit Sauna, Bar, Puff und allem, was man so braucht.«

»Puff?« sagte Hermine. »Hab ich Puff gehört?«

»Zweifellos.«

»Wozu soll ich ihm das vorschlagen? Ich hab doch schon ein Antiquariat«, sagte Yü.

»Willst du eine Kampfsportschule haben? Ja oder nein!«

»Ei... ja, verdammt; warum eigentlich nicht? Aber das wird teuer. So viel haben wir nicht.«

»Sag nicht *wir*«, murrte Daniela. »Ich will verdammt sein, wenn ich was in einen Puff stecke.«

»Sollst du ja gar nicht.« Baltasar tätschelte ihren Arm. »Du mußt auch keine Teddybären sammeln. Ich will nur an Jüssen rankommen; mit nem Projekt geht das besser.«

»Und was, wenn er zustimmt?« sagte Yü.

»Dann schieben wir alles schön auf die lange Bank. Es sei denn, du willst wirklich so was bauen. Ah, noch was. Sind bei deinen Recherchen Fotos von Jüssen aufgetaucht?«

Yü nickte; sein Blick schweifte zu Hermines Schnitzwerk. »Der sieht aber auf den Bildern ganz anders aus.«

»Hab ich mir gedacht. Hermeline, o kostbare Frouwe – haben die Auftraggeber einen Namen genannt?«

Sie kniff die Brauen zusammen. »Nee«, sagte sie nach kurzem Bedenken. »Nur, daß es ein Finanzier aus Köln ist, und daß er seinen Sechzigsten feiert, demnächst.«

»Und dann hat Komarek behauptet, das wäre Jüssen. Jüssen ist aber älter und sieht anders aus. Jetzt wüßte ich gern, wer da wirklich in Holz verewigt werden soll.«

4. Kapitel

> Das Leben ist zu kurz für billige Zigarren,
> schlechten Wein und jene Langeweile,
> die deutsche Kritiker für Literatur halten.
>
> Baltasar Matzbach

Der Sonntag war ruhig. Nach einem späten Frühstück, das Matzbach »lehrreich« nannte, weil er Zaches beim Vertilgen unglaublicher Mengen zusehen und dabei unglaubwürdige Geschichten von der abgebrochenen Weltreise hören durfte, verschwanden Yü und Daniela mit dem Zwerg. Hermine, des Schnitzens unlustig, lud Baltasar zu einer Tour in ihrem alten Diesel ein; sie fuhren zum Rhein, wo sie Hand in Hand ein wenig spazieren wollten, »wie es älteren Menschen zukommt«. Der Rheinuferweg war jedoch ungenießbar, da ob guten Wetters einige tausend Radfahrer zwischen Bonn und Köln marodierten und Fußgänger als Freiwild betrachteten. Diesem spezifischen Terrorismus zu entgehen, wanderten die beiden eine Weile durch die Kappesfelder und fuhren dann nach Bonn, um Kaffee zu trinken und zu sehen, ob eines der Kinos etwas Ansehnliches böte.

»Hamlet«, sagte Hermine, als sie vor einem Kino standen, das hin und wieder ältere Filme zeigte.

»Wer? Ich?«

»Na ja. Du bist zwar nicht so brutal wie der, aber dafür muß ich mich auch nicht ertränken, bloß weil du dauernd zauderst.«

»Zwischen deinen Dingen ist ja auch mehr Himmel, als die Erde im Traum zuläßt.« Matzbach nahm ihre Hand und gluckste. »Von der Pfühlosophie überhaupt nicht zu reden.«

»Aber Mel Gibson … Ich weiß nicht.«

»Ach, das paßt doch; Hamlet ist Shakespeares *lethal weapon* gegen das deutsche Regisseurtheater. Außerdem werden Holm und Bates und Scofield es schon richten.«

Bei einem argentinischen Steak kamen sie nach dem Kinobesuch überein, daß Gibson erstaunlich schlecht spiele (»er muß sich richtig anstrengen«, sagte Hermine, »und das darf man eigentlich nicht merken«), aber eine merkwürdige Ähnlichkeit mit Komarek aufweise, der erstaunlich ungenaue Angaben gemacht habe. Baltasar versuchte, sich an alle Details des Besuchs zu erinnern; Hermine bestätigte, daß Komarek beim ersten Blick auf die unfertige Büste gesagt hatte, das sei der Mann, mit dem sich Czerny beschäftigt habe, und er sei keineswegs irritiert gewesen, als sie ihm das große Foto zeigte, das ihr als Vorlage diente.

Zuhause stellten sie fest, daß die Minibirne des Anrufbeantworters blinkte. Hermine sah in Baltasars Augen.

»Ich lese da ein paar Dinge«, sagte sie, »aber keines davon hat etwas mit dem Anrufbeantworter zu tun.«

Matzbach schielte, indem er die Augen mühsam auf die eigene Nasenspitze ausrichtete. »Es nimmt mich Wunder, daß du in diesen trüben Tümpeln nicht nur lesen, sondern sogar die Wahrheit finden kannst.«

»Du hättest dich viel früher mit klugen Frauen mittleren Alters zusammentun sollen.«

»Ei wie gern. Wie viele gleichzeitig?«

»Gib nicht so an.«

Er ließ die Mundwinkel sacken. »Zuerst die heiteren Wahrheiten, dann die traurigen?«

Sie lachte und legte eine Hand an seine Wange. »Ach, komm. Für einen alten Mann bist du noch ganz brauchbar.«

»Wirst du mich füttern, wenn es so weit ist? In acht Jahren wahrscheinlich, so mit vierundsechzig?«

»Okay, Ringo.«

Matzbach trat zwei Schritte zurück. »Furchtbar. Dabei hast du mir irgendwann heilig versprochen, du hilfst mir beim Erschießen, wenn der Übergang von der Infantilität zur Vergreisung mich mitreißt.«

»Willst du jetzt den ganzen Abend in der Küche stehen und einen auf *senilitas praecox* machen?«

Er blies ihr einen Luftkuß zu. »O Heitere, was wäre dein Begehr? Sprich, daß ich es erfülle.«

Sie ging in den Flur, wo sie die Schuhe auszog. »Ein bißchen schnitzen und schaben, vielleicht mit einem Glas Brandy und anmutigen Reden. Danach, wenn wir ausreichend verdaut haben, deine Vergreisung testen?«

Es waren mehrere Anrufe, sämtlich unbedeutend, wie Hermine am nächsten Morgen feststellte. Matzbach, der in einer Sonnenpfütze am Herd stand, wo er eben eine brutzelnde Pfannenfüllung beäugte, handgemahlenen Kaffee mit einer Prise Salz versah und darauf wartete, daß das Wasser zu kochen begönne, verstand kaum etwas vom blechernen Gerede auf dem Flur.

»Yü«, sagte Hermine, als sie hinter ihn trat und das Kinn am schweren Frottee seines Bademantels rieb. »Wollte nur melden, daß alles in Ordnung ist. Dann Zaches, aus der Kneipe, wo man ihm andeutungsweise verraten hat, daß Würselen schon länger nicht gesichtet wurde. Dann noch mal Zaches, ohne Kneipengeräusche, um zu melden, daß Trudi den abwesenden Herrn Würselen nicht vermißt.«

»Würselen, bah.« Matzbach nahm den Schnellkocher, der sich ausgeschaltet hatte, und goß kochendes Wasser in die Emaillekanne. »Klingt wie ein Euphemismus.«

Hermine legte die Arme um seinen Rumpf. Der Bademantel war nicht vertäut, und unterm Frottee trug Baltasar nur seine pelzartige Körperbehaarung. »Euphemismus, was?« sagte sie. »Handgemolken? Fußgezupft? Mundgeblasen?«

»Was auch immer – jederzeit – aua – weg da.«

»Jederzeit? Du übertreibst schon wieder.«

»Vier Spiegeleier, und kein Kommentar bitte, vier Scheiben Bacon, vier Scheiben Toast. Wird auf der Veranda serviert. Recht so, Madame?«

Nach dem Frühstück hüllte Matzbach sich in ein kurzärmeliges Khakihemd und schlabbrige Jeans; er wolle, sagte er, als er aus dem Schlafzimmer zurückkam, seinen Telefonpartnern jenen obszönen Tonfall ersparen, der sich bei minderwertiger Verschleierung immer einschleiche.

»Du seltsames Geschöpf.« Hermine stand in der Verandatür, hob die Arme und hielt sich am oberen Rahmen fest. Sie trug keinen BH; zwischen grünen Shorts und dem unterm Brustkorb verknoteten fliederfarbenen Hemd war viel festes Fleisch zu sehen. »Soll ich deinen Telefonaten barbusig zuhören, damit was auch immer schleichen kann?«

»Dein prangender Nabel allein…«, sagte er. »Und bist du sicher, daß du dich langweilen willst?«

Sie hob die Schultern. »Ich geh schnibbeln. Mach, wo und was du willst.«

Matzbach schlenderte hinüber in den Philosophentrakt, nahm das dort befindliche mobile Teil der Telefonanlage, drückte den *Intern*-Knopf, dann die 3; als Hermine sich aus dem Atelier mit »ja was denn jetzt schon wieder?« meldete, räusperte er sich und sagte: »Ich kann dich gut leiden. Wollte ich bloß mal bemerkt haben.« Ehe sie antworten konnte, unterbrach er die Verbindung und wählte eine Bonner Nummer; die folgende Konversation war langwierig und umwegig.

Das zweite Gespräch – Dany im Antiquariat in Köln – war eher unergiebig; das dritte kam gar nicht zustande, da Komarek in Wien entweder nicht mehr oder noch nicht reden mochte oder nicht in der Nähe des Apparats war; das Genäsel, mit dem er den Beantworter gespeist hatte, verlockte Matzbach nicht zu längeren Reden. Er hustete zweimal, räusperte sich, bestellte zwei Portionen Frittatensuppe, zu servieren auf der rheinischen Veranda, und beendete seine telefonische Morgenandacht.

Pfeifend und feixend ging er hinüber ins Atelier. »Moritz wollte diese Woche gar nicht arbeiten«, sagte er. »Mit der Aussicht, von dir zu Kaffee und Kuchen geladen zu werden, habe ich ihn bestochen.«

»Ah.« Hermine hielt ein kleines Messer zwischen den

Zähnen; mit einem größeren bohrte sie im Ohr des Holzkopfs.

»Komischer Q-Tip.« Matzbach ging zur Vitrine hinter dem Podest und deutete auf das große Foto des Geburtstagskandidaten. »Darf ich das mitnehmen? Du mußt den doch inzwischen auswendig kennen.«

»Was hast du vor?« Diesmal nahm sie das Messer aus dem Mund.

»Mittwoch vormittag, als wie übermorgen, fahre ich mit ihm nach Köln. Klingt wie ein sehr schräger Fall von verzweifeltem Lustgewinn, was? Mit Morungen nach Köln fahren …«

»Was habt ihr vor?«

»Er will mit mir zu den Kollegen einer Gazette. Die haben da noch einen alten Spezialisten hocken, der die Fotos verwaltet. Moritz behauptet, wenn der Typ hier jemals in der Zeitung gewesen ist, dann finden die ihn. Dann wüßten wir immerhin schon mal, um wen es sich handelt.«

Hermine nickte. »Nimm es und fahr dahin. Dann kann ich am Mittwoch wenigstens mal ungestört arbeiten.« Sie lächelte, spitzte den Mund und küßte die Luft, die sie von Baltasar trennte. »Und was die Durchsage vorhin angeht – danke gleichfalls.«

»O bitte. Was nun die Einladung zu Kaffee und Kuchen angeht, hat er mehrere Bedingungen.«

»O nein.«

»O doch. Er möchte erstens barbusig bedient werden.«

»Pah.«

Matzbach klackte mit der Zunge. »Er hat sich wie üblich ungenau ausgedrückt. ›Barbusig‹ kann den Zustand des

Gastes ebenso bedeuten wie den der Kellnerin, nicht wahr? Ich deute es so, daß er oben ohne sitzen und essen und sich bekleckern möchte. Zweite Variante: Er will die Labung verinnerlichen, während ich abwese. Oder, drittens, er will mit seiner derzeitigen Konkubine kommen; wahrscheinlich sollen wir sie begutachten.«

Hermine steckte das kleine Messer zwischen die Zähne, hob die Arme und wandte sich ihrem Kunstwerk zu. Baltasar stand einen Moment herum, kratzte sich den Kopf, schleuderte dann der Schnitzerin eine Kußhand hin und wanderte zurück in den Philosophentrakt. Er gedachte, einige Zeit mit Aufräumen und Sortieren zu verbringen.

Aber die Gedanken schweiften. Er stand zwischen Stapeln, starrte aus dem Fenster, ohne viel zu sehen, ließ etwas in sich denken, beteiligte sich schließlich selbst an dieser Operation. ›Hin und wieder, wenn etwas schiefliegt‹, sagte er sich, ›sind unangenehme Dinge wie der Blick nach innen nicht zu vermeiden.‹

Die Frage, was schieflag, stellte er sich nicht; er wußte die Antwort. Das Stichwort hatte Daniela geliefert: Prinzgemahl.

Dieser Montag war einer jener Tage, an denen er in seiner früheren Existenz stundenlang durch Bonn getigert wäre, um die Eckkneipen zu zählen, Buchläden zu verheeren und andere dringende Dinge zu tun. Vielleicht wäre er danach in seine chaotische Behausung in der Nordstadt heimgekehrt, um sich an der antiken mechanischen Schreibmaschine mit der Beantwortung kummervoller Herzensfragen zu vergnügen. Aber all das war längst vorbei, abgehakt; er hatte keine Ahnung, wer heute für die bedeutende Illustrierte die Ratschläge unter *Fragen Sie Frau Griseldis* gab; es interessierte ihn auch nicht besonders. Eigentlich gar nicht.

Aber was interessierte ihn überhaupt? Er hatte einen vor Jahrzehnten angefallenen Lottogewinn klug investiert, die Piaster hecken lassen, im Lauf der Jahre durch kriminalistische und kriminelle Aktivitäten gemehrt, verfügte über mehr Geld, als er unter gewöhnlichen Umständen ausgeben konnte. Seit fast einem Jahr ertrug ihn eine kluge und witzige Frau nicht nur, sondern hatte ihm sogar große Mengen Wohn- und Stauraums verfügbar gemacht. Er konnte nach Herzenslust in gestapelten Büchern wühlen, gute Weine trinken, teure Zigarren rauchen, intelligente Konversation genießen. Und er langweilte sich.

Er beschloß, dies gründlich zu tun, zu welchem Zweck er sich aufraffte und weiter Philosophen räumte. Einige Zeit später saß er, ohne zu wissen, wie er dorthin gelangt war, auf dem Puff, der nun unter dem mittleren Westfenster lag, kaute an einem Pelikan-Füller und hielt eine fette Lederkladde auf dem Schoß. Es war ein kostspieliges Ding, von einem Handwerksmeister in Westfalen hergestellt: weiches rotes Leder, darin hundert Blatt handgeschöpftes Bütten, mit feinem Finger und herkömmlichen Geräten gebunden. Dieses teure Objekt gedachte er nach und nach vollzuschreiben, und zwar nicht etwa mit Perlen abendländischer Poesie, sondern mit einer Titelliste: seinen Wunschbüchern, die niemand je schreiben würde. Einige Titel waren geklaut, standen aber dennoch verzeichnet – Dinge wie William Shakespeare, *Love's Labours Won;* Aristoteles, *Über das Gelächter;* Lope de Vega, *Invektiven gegen Dante;*

andere waren freihändig erfunden und reichten vom bloß Albernen (Moritz Goethe, *Sah ein Knab ein Höslein wehn, Höslein auf der Leine)* bis zur exotischen Abstrusität (Schorsch Habermatz, *Der mittlere Durchmesser altgermanischer Penisfutterale)*. Wie er feststellte, hatte er, ohne sich dessen entsinnen zu können, *Die Ex-Officio-Anonymität defunkter Hominiden* eingetragen. Der Autor fehlte; Matzbach beschloß, bei einem der großen Nekrophilen der Literatur jemanden auszuleihen und schrieb »Jamrach Holobom« nieder.

Dann kicherte er leise. »Es wird ein böses Ende sein«, sagte er, mit Blick auf den Stapel der kritischen Werkausgabe Fr. Nietzsche. »Wenn ich schon Selbstgespräche führe …« ›Kein *happy ending* für Matzbach‹, dachte er; ›sowieso nicht. Mit fortschreitendem Alter wird Unsterblichkeit immer unwahrscheinlicher, der Totenwurm schmatzt schon, und ich weiß nicht, wie lange Brenig mich noch aushält. Brenig und alles, was das impliziert.‹

Bis auf leichte Anfälle von Morbidität verging der Dienstag weitgehend ereignislos; Komarek meldete sich zwischendurch mit der wichtigen Mitteilung, er habe noch nichts Neues herausbekommen können. Außerdem rief Zaches an, um durchzusagen, man habe noch immer keinen Würselen gesichtet. Am Mittwoch versah Baltasar sich wider den Tag mit Zigarren und dem zugehörigen Schneider, stopfte die Papiere in eine der geräumigen Brusttaschen des Khakihemds, fahndete nach ausgetretenen Latschen (er fand sie nach einigem Fluchen neben einem Stapel französischer Heidegger-Exegese) und ließ sich wonneseufzend in die alte DS plumpsen. Ehe er startete, tätschelte er das Lenkrad und das sahnefarbene Leder des Sitzes.

Der extralange Moritz von Morungen wartete am Botanischen Garten, wo er auf der Stelle tänzelte und dabei mit beiden Händen schnipste. Matzbach nahm an, daß er im Kopf eine furchtbare Musik vernahm.

»Bist du unter die Steifftiere gegangen? Knopf im Ohr?« sagte er, als Moritz sich auf den Sitz gefaltet hatte.

»Ach i wo. Musikalische Menschen brauchen keine Männlein, die ihnen das Ohr walken. Die Schönheit, weißt du, liegt unter der Hirnrinde, wie unter dem Pflaster der Strand.«

Moritz hatte vor einiger Zeit endlich den Absprung in die Selbständigkeit geschafft; nach Jahren der Fron als immer weiter beförderter und ansonsten ignorierter Lokalredakteur war er Matzbachs kostenlosen und ohne jede Gewähr erteilten Ratschlägen gefolgt: »Du kennst zwar nicht alle Leichen, aber jeden Keller; du weißt, welche von deinen Kebsen vorher mit welchem Politiker gepennt hat; jeder Wirt in Bonn erzählt es dir, wenn einer unserer hochmögenden Volkszertreter im Suff plaudert und die Zeche nicht bezahlt oder bei Kellnern das mit dem Decken wörtlich nimmt. Mann, Junge, wenn ich du wär, würd ich ein ›Büro für Allgemeine Desinformation‹ aufmachen. Du hast ja keine Ahnung, wieviel manche Leute dir bezahlen würden, nur damit du *nicht* quasselst.«

Inzwischen war Moritz die graue Eminenz aller Lokalredaktionen und Klatschspalten geworden, verdiente mehr denn je mit wenig Arbeit, versicherte Matzbach immer wieder unverbrüchlicher Dankbarkeit und ließ sich sogar dazu breitschlagen, an einem dem Ausschlafen vorbehaltenen Mittwochvormittag Auskünfte zu beschaffen.

»Wo ist denn dieses Konterfei, du ungünstiges Ekelpaket?« sagte er, als sie Bonn-Nord hinter sich ließen und die DS mit mildem Schnurren die Autobahn nach Köln zu fressen begann.

Matzbach deutete auf das Handschuhfach.

Morungen öffnete, nahm das Foto heraus, knurrte »ach, *der*« und legte es wieder zurück.

»Kennst du den?«

»Nicht gut, aber dafür um so ungerner. Du nicht?«

Matzbach seufzte. »Meinst du, ohne aufwühlende Gründe hätte ich mir die halbe Woche versaut, indem ich dich mittwochs zu sichten bereit bin?«

Moritz keckerte. »Du klingst, als ob Hermine die Grenzen deiner Libido zuerst markiert und dann hohnschreiend betanzt hätte.«

»O ihr Götter… Wer ist es denn?«

»Heißt Lanzerath, hinten mit th, und vorn haben ihm seine kölsch-katholischen Eltern einen Evergislus angetan. Hat ihm den Charakter versaut, fürchte ich.«

»Was weißt du sonst von ihm?«

Morungen legte die knochigen Finger der Rechten an die scharfkantige Nase und kniff die Augen zusammen. »Knete. Viel Knete. Bauen, vor allem. Die üblichen öffentlichen Aufträge, von Radwegen bis zu Sportplätzen. Sporthallen. Viel Freizeitmurks…«

»Murks? Könntest du das präzisieren?«

Moritz deutete allgemein nach vorn und nach oben.

»Ausfahrt Wesseling. Da können wir drehen. Bring mich nach Hause, dafür koch ich dir einen garantiert suppendünnen Kaffee, bei dem ich das Füllhorn meiner Kenntnisse …«

»Nix da. Wir fahren nach Köln.« Matzbach ignorierte die Ausfahrt. »Was heißt Freizeitmurks?«

»Was du gerade mit meiner Freizeit machst. Was willst du denn jetzt noch in Köln? Ich hab dir doch gesagt, wer …«

»Ich will ein bißchen mehr wissen. Wenn der so bekannt ist, daß sogar ich nie von ihm gehört habe, gibt es doch sicher richtige Dossiers. Oder wie man das bei euch nennt.«

Morungen schwieg verbissen.

»Also, Freizeitmurks«, sagte Matzbach. »Es soll mir auch nicht auf eine Currywurst ankommen.«

»Ah. Klingt schon besser. Dürfen's auch Austern sein? Mit Stehsekt?«

»Zornige Limonade so früh am Tag? Junge, Junge, du bist aber auf den Hund gekommen. Früher hättest du's nicht unter Champagner getan.«

»Dafür heute eher drüber. Wenn du mich bestechen willst, mußt du schon mehr anlegen. Oder das Messer nehmen.« Moritz bohrte in der Nase, betrachtete das geschürfte Gut, wollte es am Ledersitz abstreifen, gönnte Baltasar einen Seitenblick, machte »pfft« und steckte die Hand in die Hosentasche.

Ein paar Schweigeminuten später sagte er plötzlich: »Ich weiß, was du brauchst! Die Sache mit dem Zeitungsarchiv können wir vergessen.«

»Was denn sonst?«

»Leo der Löwe.« Morungen kicherte. »Heißt wirklich so. Leo Löwe. War früher mal Adlatus oder Adjutant oder so was beim Kölner Presseamt; Stadt Köln, klar?«

»Und?«

»Der hat in seiner Zeit – und vorher, soweit er die Dinge kriegen konnte – alles gehortet, was mit Kölner Promis zusammenhängt. Auch Promis, die es nicht mehr sind oder erst noch werden wollen. Sitzt allein in einem Riesenkasten in Nippes, irgendwo links von der Flora, und bastelt seit zehn Jahren an seinem großen Klatsch- und Enthüllungswerk über die Heiligen von Köln.«

Matzbach schmatzte. »Klingt gut, *mon cher*. Zwei Currywürste, auch einzuhandeln gegen einmal Döner mit Cola.«

»Gah.«

»Was war jetzt mit dem Freizeitmurks?«

Morungen rutschte auf dem Sitz herum, bis er halb auf dem Türgriff saß. »Ah. Also. Hm. Ach, allerlei Zeug, sagen wir mal so. Lanzerath hat einen Spezialbelag für diese komischen Dinger entwickelt, Mensch, wie heißen die denn? Diese, na ja, Kugelsegmente, in denen Rollbrettfahrer sich so gern den Hals brechen. Und, ah, flexiblen Belag für Spielplätze. Fitneßcenter. Sporthallen. Baut aber auch alles andere, was man gerade so braucht. Oder auch nicht. Von Straßen über Bürohäuser bis zu Tiefgaragen. Hat eine Firma, die Verkehrsschilder herstellt. Steckt mit beiden Fäusten in Zubehör für Segelflieger. Lauter so Zeug.« Er schniefte, hob wieder den rechten Zeigefinger zur Nase, ließ die Hand aber dann untätig in den Schoß sinken. »Alles, was nach Knete riecht.«

Leo Löwe sah aus wie die Karikatur des prototypischen Herrn Schmitz alter Tage: zerknittert, dürr, mit weißem Menjoubärtchen und abgetragenem Straßenanzug. Es fehlten lediglich eine Melone und der Spazierstock, und schon hätte Löwe als samstäglicher Spaziergänger – »Hütchen ziehen, spärlich nicken, wenn ein Chef kommt: tiefer bücken« – den Weg zur Kölschrunde der Veedelshonoratioren antreten können, die neuesten Umtriebe der Herren Adenauer, Frings und Pferdmenges nebst denen des FC in bedächtiger Gehässigkeit zu erörtern.

Morungen übernahm die Vorstellung. Matzbach schüttelte Löwes Pergamenthand und machte dabei eine kreiselnde Kopfbewegung.

»Nett haben Sie's hier«, sagte er. »Eher ein Etui oder Seelenfutteral als ein Haus, möcht ich mal sagen.«

Löwe stieß ein nicht zum Namen passendes nasales Wiehern aus. »Kommen Sie, kommen Sie. So häßlich soll meine Seele sein? Was verschafft mir das Vergnügen?«

Er ging voraus durch einen mit Kisten vollgestellten Flur. Die Tür am Ende führte in eine Art Halle. Offenbar hatte Löwe das Haus – Baujahr 1952, wie er später sagte – rabiat entkernen lassen. Alle nicht tragenden Wände waren entfernt worden, bis auf säulenartige Reste, auf denen das Obergeschoß unsicher ruhte. Allerdings mochte es auch auf den deckenhohen Metallregalen liegen, die die Parterre-Halle säumten, durchzogen, schraffierten. Neonlichter (Baltasar fröstelte trotz des heißen Tages) erleuchteten jeden Winkel, den die Sonne nicht erreichen konnte. Am Kopfende der Halle standen Stahlschränke, ein übervoller Stahlrohrschreibtisch, eine den Bedürfnissen des Pentagon angemessene Computeranlage, Gerätschaften zur Verfertigung und Lektüre von Mikrofilmen. Und eine Kaffeemaschine zur Versorgung eines Großraumbüros, daneben ein Trinkwasserbehälter, wie Matzbach ihn bisher nur aus alten amerikanischen Filmen kannte.

Hinter einer der unverputzten Wandreste alias Säulen tat sich eine S-förmige Bar auf, auch sie aus Stahl, Chrom, Nickel, Platin, Iridium oder Uranplastik; ›irgendwie‹, dachte Matzbach, ›aus allem, was jede Form von Behaglichkeit ausschließt‹. Dahinter hockte, umzingelt von Flaschen, eine kleine Espressomaschine.

»Kaffee?« Löwe wuselte bereits hinter der Bar herum. Nach Morungens Ausführungen über seine Karriere mußte der Mann fünfundsiebzig sein, sah aus wie sechzig und bewegte sich wie die personifizierte Midlife-Krise: fahrig.

»Immer«, sagte Morungen; er kletterte auf einen der plastikbezogenen Metallhocker. »Matzbach will bestimmt rauchen, wie ich ihn kenne.«

»Ah. Wunderbar, ha ha; herrlich. Ich darf nicht mehr, sagen die Ärzte. Aber schnüffeln ...« Er drehte sich um, zog einen Blechaschenbecher aus einer Stahl-und-Plastik-Lade und stellte ihn Baltasar hin.

»Also – was liegt an?«

Morungen verformte die knochigen Finger zu einer Art Gebetsknoten. »Informationen«, sagte er. »Möglichst genau, möglichst dreckig, möglichst zum Mitnehmen.«

Die Espressomaschine zischte mißbilligend, wie Matzbach fand. Löwe klapperte mit Tellerchen und Täßchen und Löffelchen und Zückerchen.

»Genau? Na schön. Dreckig? Aber gern. Mitnehmen?

Könnte schwierig werden – je nachdem. Um wen oder was geht es?«

Morungen stupste Baltasar an. »Jetzt bist du dran.«

»Sankt Evergislus«, sagte Matzbach. Aus der rechten Brusttasche seines Hemds nahm er das Zigarrenetui und den Schneider.

»Wer bitte?«

»Lanzerath.«

»Ah.« Löwe grunzte leise; er stellte die erste doppelte Portion vor Matzbach hin. »Was rauchen Sie?«

»Das wechselt. Das hier ist eine leichte Morgen-Sumatra. Ich kann aber, wenn Ihnen das den Tag verschönt, auch eine Partagás verbrennen.«

Löwe hob die Schultern. »Hauptsache Tabak. Lanzerath, was? Hat er endlich mal was ausgefressen, ohne daß alle tun, als wär nix gewesen?«

»Macht er das öfter?«

»Fast immer. Aber der Dreck, den er an seinen diversen Stecken hat, klebt meistens auch an den Fingern all der Leute, die Bescheid wissen, und deshalb sagt nie einer was. Darf ich mehr wissen, oder meinen Sie, Neugier könnte teuer werden?«

»Kommt drauf an.«

Löwe kicherte nasal. »Gut, gut.« Er kam mit der letzten Tasse um die Bar und setzte sich neben Matzbach. »Ah, riecht gut, ihr Stinkestock. Also. Was wollen Sie zahlen?«

»Wieviel ist die Information Ihnen wert?«

»Mal scharf überlegen.« Löwe schob die Unterlippe vor. »Wahrscheinlich nicht viel, was? Was ich hab, haben andere auch – nur nicht so vollständig. Sie müßten schon eine ganze Weile von Pontius zu Pilatus rennen, um den Kram zusammenzukriegen.«

»Ich bin gut zu Fuß.«

»So, wie Sie aussehen?« Ein meckerndes Gelächter, in das Morungen einstimmte. »Sie haben bestimmt Plattfüße und ein bequemes Auto.«

»Du könntest solidarisch ernst bleiben«, sagte Matzbach.

Moritz schüttelte den Kopf. »Nichts da. Ich lache solidarisch mit. Man wird sich doch noch aussuchen dürfen, mit wem man solidarisch ist, oder?«

»Wenn du meinst… Du wirst schon sehen, was du davon hast. Ich sage nur: Döner.«

»Baah.«

»Kommen Sie, feilschen wir ein bißchen.« Löwe nippte am Espresso, schnupperte von der Wolke, die Matzbach ausstieß, und legte beide Hände auf die Bar. »Sie sagen mir ein bißchen von dem, worum es geht; dann sag ich Ihnen, ob ich Ihnen helfen kann. Und dann sehen wir weiter.«

Matzbach seufzte. »Das wird ein langwieriger Morgen. Aber na schön. Lanzerath hat demnächst einen runden Geburtstag, wird sechzig oder so.«

Löwe nickte. »Dafür mieten die wahrscheinlich den Gürzenich und schmeißen ihm noch nen Orden an den Hals. Wie das so geht, in diesem unserem Lande. Weiter.«

»Einige seiner lieben Freunde wollten ihm zum Wiegenfest ein Portrait verehren…«

»Igitt.« Löwe streckte die Zunge heraus und imitierte eine Art Pferdefurz. »*Die* Visage, und dann auch noch an die Wand hängen? Sollte man mit ihm persönlich machen.«

»Es ergab sich rein zufällig, daß ein österreichischer Journalist, der feststellen will, warum einer seiner Kollegen im hillije Kölle das Zeitliche gesegnet hat…«

»Eh, der Tote, auch Österreicher?«

»Ja. Bei einer Kneipenschlägerei umgekommen. Und der Kollege, den das anficht, hat zufällig das unfertige Portrait gesehen und sagt, das ist der, hinter dem der Tote her war.«

Löwe schwieg, klackte zwischendurch mit Zunge und Gebiß wie ein zeugungswütiger Erpel, leerte den Espresso, kratzte sich den kahlen Hinterkopf und sagte schließlich: »Ist das die Nummer im *Goldenen Kappes* gewesen?«

»Ich bin beeindruckt. Ja.«

»Würselen, was? Lanzeraths Leibrowdy. Ist aber doch zu den Akten gelegt worden, von wegen Notwehr.«

»Das hat den Kollegen aus Wien aber nicht beeindruckt.«

»Mich auch nicht.« Löwe rutschte vom Hocker und trippelte hektisch zu einem der Schränke neben dem Schreibtisch. Er öffnete ein Schubfach, wühlte, fluchte leise, wühlte in einem zweiten, dann einem dritten Fach.

»Ha. Da ist es ja.« Er schwenkte ein Stück Papier und kam breit grinsend wieder zur Bar. »Bitte sehr.«

Matzbach nahm den Wisch: die Fotokopie einer Kurzmeldung aus dem Stadt-Anzeiger vom Montag.

»Vorgestern«, sagte Löwe.

»Seh ich doch. Und? Ein Besoffener ist überfahren worden. Sonntag kurz vor Morgengrauen. Auf der Luxemburger, ziemlich weit draußen, wie's aussieht. Was hat das…«

»Mit Ihrem Anliegen zu tun? Einiges. Die alten Kollegen … « Löwe pfiff leise vor sich hin; es ähnelte eher dem Zwitschern eines magenkranken Zeisigs als einer menschlichen Hervorbringung. »Ich hatte Montag den alten Stammtisch; man hängt ja an so was. Da war auch der Kollege bei, der das hier verwurstet hat. Deshalb weiß ich, wer der Tote ist. Oder war, eh er nix mehr war.«

»Sie werden es mir hoffentlich nicht mehr lange verschweigen wollen, oder?«

Löwe tippte ihm mit harter Fingerkuppe vor die Brust. »Würselen«, sagte er. »Mausetot. Aus dem hätte man Sülze machen können.«

»Ah.« Matzbach nahm einen mächtigen Mundvoll Rauch, stieß lange Trauerschleier aus und klopfte Löwe auf die Schulter. »Gut; hat sich ja schon fast gelohnt. Also Würselen hat stückchenweise Raumtemperatur angenommen? Aber wieso wissen das seine Kumpel in der Kneipe nicht?«

»Wann haben Sie die gefragt?«

»Gestern. Nicht gefragt, aber gehört.«

Löwe zuckte mit den Schultern. »Inzwischen wissen die das auch. Die grünen Jungs gehen ja nicht drei Minuten nach so einer Sache durchs Viertel, um in allen Kneipen Bescheid zu sagen.«

»Aber was haben wir davon? Du, meine ich«, sagte Morungen.

»Man nimmt an«, sagte Löwe geziert, »daß es kein normaler Unfall war; das steht aber nicht in der Zeitung. So, wie die Leiche zugerichtet war, ist da jemand mehrmals mit einem schweren Wagen über ihn gebrettert.«

Matzbach starrte in den blechernen Aschnapf. »Hilft

uns aber nicht weiter«, knurrte er. »Im Gegenteil. Den kann ich schon mal nicht mehr fragen, was da in der Kneipe eigentlich abgelaufen ist. Angeblich hat der tote Österreicher Würselens Freundin angemacht, die Kellnerin.«

»Würselens Freundin?« Löwe gackerte. »Der war schwul, der Junge.«

»Oha.« Baltasar schwieg einen Moment. »Gefällt mir; sieht aus wie eine nette Verwirrung. Eh, sagen Sie, wissen Sie was über Verbindungen zwischen Lanzerath und dem guten alten Jüssen? Elias?«

Löwe kratzte sich den Kopf, dann eine bei alten Männern namenlose Region zwischen den Beinen, dann wieder den Kopf. »Jüssens Elias? Pffft... Die kennen sich, klar, wie man sich so kennt, wenn man in Köln wohnt und zu einer bestimmten Einkommensgruppe gehört. Da war aber ganz früher mal was. Ich weiß nicht genau – irgendwas wie ein Verfahren gegen Lanzerath, und Jüssen hat zu seinen Gunsten ausgesagt. Kann sein, daß es bei den Papieren ist. Vielleicht aber nicht.«

Mit etwa zwei Kilo Kopien, die ihn zwei Hunderter (und eine Pizza, für Morungen) gekostet hatten, erreichte Matzbach am Nachmittag wieder Hermines Hof. Er schleppte das Material, auf das er sich nicht besonders freute, in die Abteilung Philosophie; dann suchte er Hermine.

Sie lag in einem Liegestuhl auf der Veranda, hielt einen Kaffeebecher in der Linken, las in einem Roman und schluchzte vor sich hin. Neben ihr, auf einem niedrigen Tisch, stand die Thermoskanne. Matzbach tätschelte Hermines nasse Wange.

»Sag mir nicht, was in dem Buch passiert; ich will es lieber nicht wissen. Ich hol mir nen Becher.«

Als er zurückkam, hatte sie das Buch weggelegt und das Gesicht getrocknet. »Na, Erfolg gehabt?«

»Wie man's nimmt. Einen Haufen Papier hab ich gekriegt, in dem aller mögliche Schmutz über das Objekt deiner Schnitzereien steht. Er heißt übrigens Evergislus Lanzerath.«

»Der arme Kerl«, sagte sie. »Ich hab aber auch ein paar Neuigkeiten für dich. Du warst kaum weg, als die Telefoniererei losging. Vielleicht solltest du dir doch mal ein Handy beschaffen.«

»Nur über meine Leiche. Wer will denn was von mir?«

»Zuerst hat Zaches angerufen. Trudi hat heute früh was von Bekannten gehört – dieser Typ, der deinen Czerny abgemurkst hat, Würselen.«

Matzbach nickte. »Ich ahne es, aber sprich, Holde; die ödeste Botschaft wird herrlich, wenn du sie in Gelassenheit aussprichst, daß sie mich erquicke.«

»Aua. Also – Würselen ist unters Auto gekommen und lebt nicht mehr. Und Trudis Gespiele war schwul.«

Matzbach nickte; er berichtete kurz von der Fahrt nach Köln und der Unterredung.

»Na ja; dann wußtest du es ja schon. Aber immerhin, der Zwerg funktioniert gut. Das war aber nicht alles.«

»Was noch?«

»Komarek. Du sollst ihn zurückrufen.«

»Was will er?«

»Kompliziert. Wie das so ist, bei Leichen mit mehreren Haupt- und Nebenfrauen.« Sie giggelte, dann sagte sie, die zuständigen Ex-und-Hopp-Damen hätten sich noch nicht einigen können, wer welchen Teil des Nachlasses von Czerny zu bekommen habe; Komarek sei es aber gelungen, mit ihnen und dem vollstreckenden Anwalt zu reden.

»Und?«

»In Czernys Bude, die offenbar nicht mehr versiegelt ist, liegen kiloweise Papiere rum. Der Anwalt will nichts davon rausrücken; es gibt aber, sagt Komarek, keine Einwände dagegen, daß jemand sie unter juristischer Aufsicht an Ort und Stelle durchsieht.«

Matzbach schwieg ein paar Momente; dann beugte er sich vor, daß der Liegestuhl knirschte, legte eine Fingerspitze in Hermines Schlüsselbeingrube und sagte: »Die olle DS muß mal wieder eine längere Strecke fahren. Hast du hier was Dringendes vor?«

»Ah.« Hermine setzte sich auf und blinzelte schnell. »Wien? Da war ich ewig nicht mehr. Nee, nichts Dringendes. Die Leute, die die Büste bestellt haben, wollen Anfang übernächster Woche anrufen.«

»Bis dahin sind wir zurück. Wahrscheinlich. Du kannst sie ja vorsichtshalber warnen.«

»Wann geht's los?«

Er leerte seinen Becher und stand auf. »Ich werd mal ein bißchen telefonieren. Yü und Komarek und so was. Wenn nichts uns hemmt, können wir gleich los.«

»Mann, hast du es eilig! Reicht morgen früh nicht?«

Er grinste. »Unterwegs gibt's bestimmt ein paar interessante Hotelbetten.«

Hermine klimperte mit den Wimpern. »Ach, schweig still, mein hungrig Herze.«

5. Kapitel

> Nur wer nichts zu verlieren hat, sollte Mönch werden;
> nur wer nie gewinnt,
> wird beim Himmelsroulette zugelassen.
>
> Felix Yü

Aber die Telefoniererei sorgte für Änderungen in dem, was Matzbach selbst noch längst nicht für einen Plan hielt. Komarek war wieder nicht zu erwischen, und mit dem näselnden Typen auf dem Band wollte Baltasar seine nächsten Tage nicht erörtern. Dafür kam ihm, als er aufgelegt hatte, ein ganz anderer Gedanke. Genauer: eine Ahnung. Etwas, das er in den letzten Tagen gesehen hatte, wollte aus dem hinteren Speicher in den Vordergrund geholt werden.

Baltasar griff zu dem Stapel mit unsortierten Unterlagen. Etwas war da... Was auch immer. Es dauerte eine Weile, bis er fand, was gefunden werden wollte; dabei dachte er über die seltsamen Aktivitäten des Gehirns nach. Er war nicht imstande, auch nur zu raten, was diesen hektischen Schub ausgelöst hatte. Ein Geruch? Ein Nebengeräusch? Oder gab es vielleicht doch so etwas wie eine Kausalität des Gleichzeitigen – hatte ein Schmetterling über den Azoren durch Flügelschlag einen Sturm veursacht, dessen Finalfraktale in Finnland einen Baum knickten, welcher soeben im Fallen den Gedankengang gezeugt haben mochte?

Was er ahnungslos gesucht hatte, war eines der schlechten, körnigen Zeitungsfotos, die Elias Jüssen zeigten. Er hielt die Aufnahme einen Moment in der Hand. Beim ersten Sichten war ihm daran nichts aufgefallen; nun wußte er plötzlich, daß er diesen Mann schon einmal irgendwo gesehen hatte. Flüchtig, lange her, nur: wo?

Dann lachte er halblaut; plötzlich wußte er es, oder glaubte jedenfalls, es zu wissen. Etwas eben noch sehr Verschwommenes wurde zur deutlichen Erinnerung. Von der er annahm, daß sein Gehirn sie produzierte, um ihm einen Gefallen zu tun. Es mochte durchaus eine fiktive Erinnerung sein, Zugabe eines erfindungsreichen Gedächtnisses.

Nicht unbedingt die nächstliegende Assoziation, sagte er sich; aber immerhin hatte er vor ein paar Tagen an diese Körperschaft gedacht, und so überlegte er, wie lang es her sein mochte, daß er zuletzt einen der Abende der Gesellschaft zur Stärkung der Verben e.V. aufgesucht, erlitten, genossen oder sonstwie mitbestritten hatte. Zwei Jahre? Zweieinhalb? Zum allerersten Mal war er im Herbst oder Frühwinter 1981 an diesen seltsamen Verein geraten; er erinnerte sich an muntere Sprachspiele, an denen sich auch ein Mann beteiligte, dem er später zur ultimaten Sprachlosigkeit hatte verhelfen müssen. ›Ultimate Sprachlosigkeit?‹ dachte er; ›das ließe sich auch von neunzig Prozent des öffentlichen und hundert Prozent des privaten Fernsehens vor Mitternacht sagen, von Politikern nicht zu reden.‹

Nach kurzem Suchen fand er die Kladde, in der er die Nummer der Vorsitzenden des Verbenclubs notiert hatte.

Dr. Maria Gabrieli meldete sich nach dem dritten Klingeln. Matzbach räusperte sich, bat um Vergebung für die Störung und behauptete, er sei sicher, daß Madame gar nicht mehr wisse, wer er gewesen sei und zu sein fortfahre.

Sie kicherte ein wenig gequält. »Aber Herr Matzbach, als ob man so etwas wie Sie so leicht vergessen könnte.« Es klang, als ob sie diese spezifische Unvergeßlichkeit nicht eben für eine Tugend des schwer Vergeßbaren halte.

»Ich müßte Sie um einen Gefallen bitten, gnädige Frau«, sagte er. ›Bei diesem Tonfall‹, dachte er, ›würde Hermine jetzt fragen, ob sie einen Lappen holen und die Schleimspur wegwischen soll.‹

»Wenn ich Ihnen helfen kann …«

»Sie können mir auf jeden Fall einen Tip geben. Ich bin auf der Suche nach einem Menschen, von dem ich mir einbilde, ihn bei einem der leider lange zurückliegenden letzten Treffen in Ihrem Haus gesehen zu haben.«

»Wissen Sie, lieber Herr Matzbach« – nun klang sie vorwurfsvoll –, »Sie könnten ja einfach öfter kommen, statt hinterher Ihr Nichtkommen zu bedauern.«

»Ach, wie wahr, wie furchtbar wahr.« Er seufzte theatralisch. »Sagen wir uns das nicht dauernd alle? Dies verpaßt und jenes versäumt …«

»Ja. Um wen geht es?«

»Herr Jüssen. Elias Jüssen.«

»Durchaus möglich, daß Sie ihn hier gesehen haben. Er ist zwar auch nicht immer dabei, aber auf jeden Fall öfter als Sie.«

»Ach, seien Sie doch nicht so streng zu mir; ich kann mir kaum die Absonderung heißer Zähren verkneifen.«

Sie kicherte. »Sie sind ein unmöglicher Mensch.«

»Könnten Sie diesem unmöglichen Menschen vielleicht Herrn Jüssens Telefonnummer geben? Die steht nämlich nicht im Telefonbuch.«

Frau Gabrieli zögerte. »Also, da sollte ich ihn wohl vorher fragen, ob... Wenn er nicht eingetragen ist, wird er seine Gründe haben.«

»Es wäre aber sozusagen dringend. Drängelig, beinahe.«

»Dann kommen Sie doch einfach morgen abend her; es könnte sein, daß Herr Jüssen...«

Matzbach unterbrach. »Morgen? Seit wann trifft man sich denn am Donnerstag? Zuletzt war es doch der Montag.«

»Ach, das haben wir im vorigen Jahr beschlossen, weil man hin und wieder etwas ändern sollte und etliche unserer Freunde an anderen Tagen selten Zeit haben.«

Nach dem Ende des Gesprächs ging Matzbach hinüber zu Hermine, um ihr mitzuteilen, daß der Aufbruch verschoben werden müsse.

»Gesellschaft zur Stärkung der Verben?« Sie gluckste. »Doch, hast du mir mal von erzählt. Und da willst du hin?«

»Es besteht die Chance, dort Jüssen zu treffen.«

»Und was willst du mit ihm anstellen? Ihn fragen, ob er öfter österreichische Journalisten umlegen läßt?«

Er knurrte. »Weiß ich noch nicht. Ich werde noch ein bißchen in den Papieren blättern. Willst du mitkommen?«

»Verben stärken? Immer.«

Komarek rief nicht mehr zurück; auch Morungen, Löwe oder andere potentielle Störenfriede verhielten sich ruhig, so daß Baltasar den ganzen Nachmittag litt und arbeiten mußte, statt am Telefon dumme Reden zu halten. Er wühlte sich durch sämtliche Papiere – Lanzerath, Jüssen, die jeweiligen Geschäfte, Meldungen über Privates, Klatsch, Gerüchte.

Jüssen war seltsam unergiebig. Trotz der Fülle des Materials blieb der Mann ungreifbar. Oder jedenfalls kaum greifbar; es sei denn, man gäbe alle Skepsis gegenüber Menschen vor Beginn der Lektüre ab. Jüssen war ganz einfach makellos, heilig, von allen geliebt, eine Art Weißer Ritter, besser als Lancelot und Galahad zusammen. Er hatte tausend Leuten geholfen, Existenzen zu begründen; er hatte politische Karrieren gestützt (und keine Rede von Animositäten, von Beiträgen zur Beendigung von Karrieren); er half regelmäßig Notleidenden, spendete großzügig, förderte kulturelle Einrichtungen wie Theater, Jugendmusikvereine, Galerien; er stellte Übungsräume für Rockgruppen, Geld und Logistik für Ausstellungen, immer auch seine guten Beziehungen zur Verfügung; er hatte einen Kunstpreis gestiftet und honorierte die mit der Vergabe betrauten Juroren nicht ganz schlecht; er war über die Jahre immer wieder in allen Zeitungen zu finden, wenn Kinderheime eingeweiht, Seniorenstifte eröffnet, Spielplätze ihrer Bestimmung übergeben wurden. Er war Ehrenbürger von mindestens sieben Städten, und im Lauf der Jahre hatte man ihn mit sämtlichen Orden dekoriert, die Matzbach kannte – von den Ehrungen jedes einzelnen Karnevalsvereins zwischen Krefeld und Koblenz bis zu einer der höchsten Stufen des Bundesverdienstkreuzes, eine hohe französische Auszeichnung, »verliehen im Auftrag des Präsidenten der Republik« (das verwaschene Zeitungsbild zeigte Jüssen, in jüngeren Jahren, mit französischen Offizieren), nicht zu vergessen kirchliche und soziale Medaillen, Ehrenmitgliedschaften, Ritterschläge …

Dann die unvermeidlichen Bilder aus dem trauten Kreis: Jüssen mit seiner neuesten Frau (die vorige stand lächelnd daneben), mit liebevoll strahlenden erwachsenen Kindern, Jüssen vor seiner Bücherwand (er sammelte Philosophen, wie Baltasar blinzelnd las) und auf der Schwelle eines »Spielzimmers«, in dem die Züge einer ungeheuren Märklin-Anlage um antike Teddys zu kurven schienen, die Jüssen ebenfalls sammelte.

Das große, recht deutliche Bibliotheksbild interessierte Matzbach, ohne daß er hätte sagen können, warum. Er suchte, wühlte, fand schließlich in einem Schuhkarton mit Steuerbelegen eine Lupe und versuchte, die Titel der Bücher zu entziffern, die im Regal hinter dem Portraitierten standen. Keine Philosophen, stellte er fest, sondern eine in Köln vermutlich einzigartige Sammlung von Werken über die französische Résistance, darunter mindestens zwei Bücher von einem (und fünf über einen) Armand du Plessis. Er notierte den Namen und befaßte sich erneut mit Jüssens guten Taten.

Dabei seufzte er immer wieder. »Wenn es so was gäbe«, murmelte er; oder »sterben bessere Menschen auch irgendwann mal?« oder »daß ich zu seinen Lebzeiten der Erde teilhaftig werden durfte« oder »bääh«, letzteres häufiger. Auf seinem inneren Forum reihten sich die Bildsäulen aneinander, wie häßliche Krüppelbäume, zu deren Füßen ungesehene Unholde und Untiere ihr Unwesen treiben mußten. Jüssen war mit allen wesentlichen Größen portraitiert worden, die seit dem Ende des Kriegs den

Großraum Köln/Bonn/ Düsseldorf vorübergehend oder dauerhaft beeinträchtigt hatten: Adenauer, Frings, Kühn, Rau, Burauen, Wischnewski, Brandt, Schmidt, Kohl, Worms, Blüm, die edlen Leichtathleten der guten alten Tage, nicht nur des ASV Köln (Jutta Heine, Manfred Germar, Martin Lauer), die Heroen jener fernen Zeiten, da der 1. FC Köln technisch feinen Fußball und unter Flutlicht »wie entfesselt« spielte, von Schäfer und Schnellinger über Overath bis zu Littbarski. Die Haie, das Millowitsch-Ensemble, die Bläck Fööß ... »Alles was man sowohl nicht haben will als auch schon länger nicht braucht«, sagte Matzbach halblaut.

Und alle lobten Elias Jüssen: Große und Kleine, Hohe und Niedrige, Fremde und Freunde. Verdienste um den rheinischen Karneval, die karitativen Einrichtungen im Reich des Kölner Regierungspräsidenten, die deutsch-belgischen Beziehungen, die christlich-jüdische Kommunikation, das britische Empire, die Résistance, »und den Breitensport, den Längensport, den Spitzensport, den Bund und die Republik und das Heilige Römische Reich deutscher Nation. Hab ich was vergessen?«

Wenn er dem traute, was er hörte, als er in sich hineinlauschte, dann war Matzbach beleidigt. Beleidigt, weil er das Gefühl hatte, Opfer einer umfassenden Verschwörung zu sein – ein großer Haufen von Leuten hatte sich verabredet, um ihm getürkte Zeitungsmeldungen aus mehreren Jahrzehnten unterzuschieben, in denen das Märchen von einem guten Menschen erzählt wurde. An den Baltasar nicht glaubte. Wenn auch nur die Hälfte von alledem stimmte, sagte er sich, dann hätte Jüssen längst den Friedensnobelpreis bekommen und wäre im Vatikan schon zu Lebzeiten auf die Liste der demnächst zu Kanonisierenden geraten. »So gute Menschen gibt es nicht«, murrte er. »Sonst sähe die Welt nicht seit fünftausend Jahren so aus, wie sie aussieht. Da ist etwas ganz furchtbar faul. Aber was?«

Zu den Hinterlassenschaften von Albin Czerny gehörte auch ein Videoband; Matzbach, der Amateurfilme und Diaabende inbrünstig haßte, hatte es sich bisher verkniffen, einen Blick hineinzuwerfen. Nun ging er mit der Kassette ins Haupthaus, warf die Maschinen im Wohnzimmer an und betrachtete eher angeödet eine Reihe von Gesichtern (Czernys Geisterstimme aus dem Off nannte jedesmal Name, Adresse, Alter) in wechselnden Rahmen, meistens unaufgeräumten Wohnzimmern; die dazugehörigen Stimmen berichteten, wie der gute Herr Jüssen auf einen Bittbrief/einen Hilferuf/eine Mitteilung von gemeinsamen Bekannten (etc.) hin dafür gesorgt hatte, daß Unrecht aufgehoben und Folgen von Schicksalsschlägen gemildert wurden. Es waren sämtlich Vorgänge aus den letzten vier oder fünf Jahren; irgendwann keckerte Baltasar, ließ das Band zurücklaufen, holte Papier und Kuli und notierte beim zweiten, oft abgebremsten Schnelldurchgang die Namen, Adressen und – soweit vorhanden – Daten.

Er braute Kaffee, behelligte Hermine damit sowie mit einer Zigarre und einer gerafften Darstellung der guten Taten des guten Menschen von Köln; dann ging er wieder in seinen Philosophentrakt hinüber und erholte sich bei der Lektüre der Berichte über Evergislus Lanzerath. Was er dort las, glaubte er sofort, auch wenn ein »angeblich« dem anderen »wie es heißt« folgte, unter gelegentlicher Einmischung eines »wird gemunkelt« sowie häufiger Zitierung gut informierter Kreise. Lanzerath hatte offenbar mit allem Geld gemacht, was sich nicht wehrte oder nicht schnell genug weglaufen konnte. Kneipen, Bordelle, Striplokale wurden erwähnt und verworfen, öffentliche Bauaufträge genannt, bei denen Konkurrenten sich halblaut wunderten, daß Lanzerath den Zuschlag erhalten hatte, etliche niedergeschlagene oder eingestellte Verfahren, Mängelklagen, unbewiesene aber »wahrscheinliche« Fälle von Bestechung, Nötigung, Einschüchterung... Am Anfang der Laufbahn stand ein kleines Immobilienbüro, das er zusammen mit einem Partner betrieb; als dieser eines Tages von einem marodierenden Einbrecher erstochen wurde, ging der Laden komplett an Lanzerath über, der ihn mit Gewinn verscherbelte und an seinem Aufstieg häkelte. Man hatte wohl gewisse Zweifel an der Darstellung gehabt, aber ein Nachbar, dessen Büro für geschäftliche Immobilien und deren Verwaltung gleich nebenan war, bestätigte Lanzeraths Aussage. Und da der Nachbar in den Meldungen EJ abgekürzt war und Matzbach inzwischen wußte, daß Jüssen zur fraglichen Zeit in der fraglichen Gegend ein solches Büro unterhalten hatte, war ihm sofort klar, daß Lanzerath unschuldig sein mußte, denn der gute Mensch von Köln konnte sich ja nicht geirrt haben. Nicht einmal, was Lanzerath anging.

»Ein Mann nach meinem Geschmack«, sagte Matzbach schließlich sehr laut; er zündete sich eine Partagás an, inhalierte, hustete und blickte zur Decke des Philosophensilos. »Du da oben, wer auch immer du bist – falls du irgendwas geschaffen hast, was mit dem Gesamtzustand der Welt vereinbar wäre, dann diesen netten Menschen. Die Grundprinzipien der Schöpfung scheinen in ihm vereinigt zu sein. Sagen wir mal: wohlgetan!«

Aber dann ermahnte er sich zur Skepsis. Es konnte kaum einen so guten Menschen wie Jüssen geben – war ein so düsterer Finsterling wie Lanzerath nicht ebenso unglaubwürdig? Mußte er nicht verborgene Qualitäten haben, war vielleicht ein liebevoller Vater, prügelte die Kinder (hatte er welche?) nur dreimal täglich, aber nie öfter? Tätschelte die vierte Frau mit den Fäusten, während er die dritte noch getreten und die zweite bisweilen gestochen hatte?

Er ging noch einmal alles durch, und wie er über Jüssen nichts Schlechtes finden konnte, so gab es über Lanzerath offenbar nichts Gutes. Sogar eine der großen politischen Parteien, Sammelbecken aller kriminellen Energien des Landes, Verein zur Verhinderung der Willensbildung des Volkes, Bewegung zur Versorgung der Mitglieder mit Pfründen und Einfluß – sogar eine der großen Parteien hatte Lanzerath vor ein paar Jahren ausgeschlossen: »wegen parteischädigenden Verhaltens«.

»Ei sieh da.« Matzbach trank den letzten Schluck kalten Kaffees und zündete die Zigarre wieder an. »Wie recht ich doch hatte. So schlecht kann keiner sein; und wenn er aus einer Partei ausgeschlossen wurde, besteht die Chance, daß er noch eine zweite Tugend hat.«

Vielleicht Widerstandskraft, sagte er sich. Um einer Partei als unverträglich zu erscheinen, mußte man schon einiges aufbieten.

Und da es ihm so gelungen war, eine gute Seite an Lanzerath zu ermitteln, zweifelte er nicht daran, daß Jüssen irgendeinen Schmutzfleck hatte, den man bestimmt auch noch finden konnte.

Als er zu diesem Punkt gelangt war, rief er einen Hacker an, der ihm schon mehrfach bei der Beschaffung unzugänglicher Informationen geholfen hatte.

»Ein paar Leute haben von einem Gutmenschen Geld gekriegt«, sagte Baltasar nach der Begrüßung. »Und von einem bösen Typen wahrscheinlich nicht. Kann man da was machen? Kontobewegungen der letzten Jahre checken oder so?«

»Dauert, Mann, das dauert«, sagte die näselnde Stimme. »Fünf Riesen.«

»Na schön. Ich schieb's gleich ins Fax.«

»Immer noch nix mit E-Mail?«

»Immer noch kein Computer.«

»Allmächtiger!« Es klang wie eine Reaktion auf die Mitteilung, der Mond sei doch aus Emmentaler.

Abends kam es zu einer empfindlichen Störung der Geruhsamkeit. Hermine lag dekorativ auf der Couch in ihrem Wohnzimmer und las; Matzbach saß in einem der alten Ohrensessel, erfand Bücher und Autoren und fütterte gelegentlich den CD-Spieler mit südamerikanischen Lärmsorten. Dazu tranken sie einen Gevrey-Chambertin, den Baltasar vier Stunden zuvor in einem Anfall von Vorbedacht entkorkt hatte.

Das Telefon biß ein großes Stück aus der teigigen Behaglichkeit. Yü, den Baltasar noch auf dem Heimweg von Löwes Behausung über die neuen Funde unterrichtet hatte, verlangte dringend nach Matzbachs Gesellschaft.

»Ich hab eben einen Anruf gekriegt, Junge«, sagte er. »Unser dummes Geschwätz von vor ein paar Tagen, du weißt schon, Kampfsportschule und derlei. Irgendwie war ich nach deinen Funden nicht mehr hinter Jüssen her, eher hinter Lanzerath. Von wegen Projekte, ja?«

»Kluges Kerlchen. Und?«

»Eben hat seine Sekretärin angerufen; Lanzerath will mich möglichst jetzt sofort sehen, oder andernfalls frühestens nächste Woche.«

»Hilfe. Wie spät?«

»Jetzt? Viertel nach acht. Ich soll gegen neun in seinem Domizil sein. Ziemlich weit draußen.«

»Heißt?«

Yü las von einem Zettel ab, den er beim Gespräch mit der Sekretärin beschrieben hatte. Ein Kaff, sagte er, kurz vor Bergheim, »geradeaus bis Kleinkleckersdorf und dann links, bis der Fuchs weit genug gegangen ist und den Hasen sieht, dem er Gute Nacht sagen will.«

Matzbach stöhnte. »Na gut. Ich, eh, ich bin dein Kompagnon. Oder was auch immer. Ich will zusehen, daß ich pünktlich bin.«

Es war eine ruhige Straße, an der in den letzten Jahren offenbar arg unterbezahlte Personen Landsitze hatten bauen lassen. Kein Grundstück kleiner als anderthalb Hektar, die meisten Häuser hinter Hecken oder Gebüsch verborgen und kaum in Rufweite voneinander. In ein paar Jahren, dachte Matzbach, würde hier ein Sonnenuntergang sehr pittoresk aussehen, sobald die frischen Bäume die Pubertät hinter sich hätten. Vor den Garagen standen Jaguare, BMWs, ein Cadillac, diverse Benz. Am Ende der Straße, neben dem Wendehammer, gab es ein paar ältere Bäume, unter denen Yü neben seinem rostigen Golf stand und wartete.

»Fast pünktlich.« Er warf einen Blick auf seine Armbanduhr. »Und du meinst, deine normalen Klamotten reichen für so was?«

Matzbach grinste. Der Chinese hatte sich in einen hellgrauen Sommeranzug gewühlt. »Danys Anregung? Ich nehme an, wenn der abends plötzlich Leute zu sich ruft, legt er keinen großen Wert auf Formalitäten.«

»Na gut. Gehen wir.«

Lanzeraths Hütte war zum Weg hin, der den Wendehammer verließ, von einem zwei Meter hohen Metallzaun geschützt; seitlich ging die Verschanzung in eine etwas niedrigere Holzkonstruktion über. Das Flügeltor war versperrt; Yü drückte die Klingel und neigte das Haupt vor der Sprechanlage.

»Herr Yü? Moment bitte.«

Trotz der üblichen Verzerrungen klang die Stimme angenehm weiblich. Yü zwinkerte. Als der Summer ertönte, drückte er die Tür auf und sagte dabei:

»Müßte eigentlich die Sekretärin sein, wie's klingt.«

Hinter dem Haus knurrte etwas – ein Löwenkäfig? Umfangreiche Hunde, gemästet mit späten Besuchern?

Die extrem schlanke, extrem blonde, extrem langbeinige Dame, die in einem engen, teuren Seidenkleid vor der großen, schweren Haustür wartete, schien die Frage auf Matzbachs Gesicht zu lesen, als er und Yü sich den Stufen näherten.

»Zwei Rottweiler«, sagte sie. »Laufen manchmal frei herum, wenn es sinnvoll scheint. Kommen Sie. Sie sind …?«

»Matzbach.« Er zog die kühle Hand in Mundnähe, deutete einen Kuß an. »Ich bin sein Kompagnon.«

Die Dame nickte Yü zu und führte sie durch eine mit Delfter Kacheln gewappnete Diele zu einem salonartigen Wohnraum. Dort gab es einen marmorverkleideten Kamin, rote Ledersessel mit Schlappohren, eine durch Blümchenstoff behelligte Récamière, monströse Boxen, die zu einer chromstarrenden Anlage gehörten, an der auch der größte in Mitteleuropa lieferbare Fernseher samt zwei Videogeräten hing, und andere massige Möbel.

Aus einem der Sessel stand Evergislus Lanzerath auf. Die Fotos, fand Matzbach, taten ihm unrecht; er sah in Natur sowohl besser als auch eisiger aus. Er trug ein Polohemd und eine weiße Leinenhose; die bloßen Füße versanken im tiefen Teppich, der weiter hinten an ein dünneres Seidenobjekt grenzte. Lanzerath sah keineswegs aus wie sechzig – gute fünfundvierzig, ohne Fett, mit dezenten Muskeln; und ohne Gemüt. Die hellblauen Augen, dachte Matzbach, hätte ein guter Schmied zu Dolchen machen können.

Nachdem die Förmlichkeiten erledigt waren und die junge Dame ihnen Scotch eingeschenkt hatte, wechselte sie einen Blick mit Lanzerath. »Brauchst du mich noch?«

Er schüttelte nur den Kopf.

»Dann wünsche ich ein angenehmes Gespräch; entschuldigen Sie mich, meine Herren.«

Lanzerath kam sofort zur Sache. »Ich habe nichts gegen einen Kompagnon, Herr Yü; ich hätte nur gern von ihm gewußt, vorher. Aber egal. Weshalb ich Sie hierher gebeten habe statt in ein Büro ...« Er lächelte ohne jede Herzlichkeit. Ein Alligatorlächeln, fand Matzbach. »Meine Mitarbeiterin sagte, Sie hätten am Telefon so geklungen, als ob Sie erstens bereits sehr genaue Vorstellungen hätten und zweitens nicht unbedingt Wert auf legalistische Verfahren legten.«

Matzbach überließ Yü die Verhandlung. Er schien sich gründlich eingearbeitet zu haben, beschrieb ein Grundstück südlich von Frechen so detailliert, daß Matzbach es nicht für erfunden halten mochte, wartete mit präzisen Finanzierungsvorschlägen und mittelfristigen Profitkalkulationen auf und wirkte insgesamt wie ein bestens vorbereiteter Profi.

Lanzerath stellte scharfe Gegenfragen, hakte hier und da nach, schien insgesamt nicht uninteressiert. Und warf sie nach etwa zwanzig Minuten höflich, aber bestimmt hinaus.

»Das klingt alles ganz gut«, sagte er; dabei erhob er sich. »Ich danke für den Besuch und die Daten. Ich werde das mit meinen Fachleuten durchsprechen und melde mich dann, sobald ich genaue Unterlagen brauche.«

Als sie wieder bei ihren Wagen angekommen waren, sah Yü sich noch einmal um. »Jetzt hat er die Hunde freigelassen«, sagte er. »Ziemlich kalter Fisch, was?«

»Hai. Sind Haie eigentlich Fische oder Säugetiere?«

Yü hob die Schultern. »Was auch immer – bei dem gibt's keinen Tropfen Milch umsonst. Und Rogen sowieso nicht.«

Das Treffen der Gesellschaft zur Stärkung der Verben e.V. fand wie immer in einem noblen Altbau im Kölner Süden statt. Auf der Fahrt (sie nahmen Matzbachs DS 21) erging Baltasar sich in Reminiszenzen, beschwor güldene Worte und bizarre Bildungen, gab Hermine einen Überblick über die spezifischen Formen des kreativen Wahnsinns, denen die Mitglieder des edlen Vereins oblagen.

Im Kern, sagte er, gehe es um ein hübsches und völlig nutzloses Spiel. Anliegen der Vereinigung sei es, nach und nach alle schwachen Verben (die ohne Wandel des wichtigsten Vokals das Imperfekt durch angehängtes –te bilden) zu starken Verben zu machen, bei denen ein sonorer Konjunktiv mit Umlaut möglich werde.

»Bilden«, sagte er, »zum Beispiel – Wörter bilden; bilden – buld – gebulden – o büldest du doch einen Konjunktiv.«

»Nicht so ganz toll.« Hermine schüttelte den Kopf. »So ein eingeklemmtes i wird doch von vielen, nicht nur Norddeutschen, wie ein ü gesprochen. Wie wär's mit bilden – bold – gebolden – o bölde man?«

»Ich sehe, du hast es nicht nur verstanden, sondern sogar begriffen.«

»Ich begroff.« Sie kicherte. »Und dann redet ihr den ganzen Abend lang so?«

»Im Prinzip ja.«

»Nenn mir noch ein paar schöne Beispiele, Dicker.«

Matzbach grinste. »Wie du dir wirst denken können, war eines meiner liebsten immer schmusen, schmos, geschmosen; weil ich später gern mit Euch sch–möse, Liebste.«

Äußerlich hatte sich seit seinem letzten Besuch nichts geändert, wie er bald feststellte. An der Wand des Versammlungsraums, über dem langen Tisch, auf dem Häppchen und Schlückchen standen, prangte nach wie vor das Schild mit dem kategorischen Konjunktiv: DAS WÜRDE DES DEUTSCHEN SEI ANTASTBAR. Unter den Anwesenden – es mochten etwa zwei Dutzend sein, in der Mehrzahl Damen und Herren gesetzten Alters, aber auch eine Handvoll Studenten – waren viele bekannte Gesichter. Aber etwas irritierte Baltasar; etwas Ungreifbares, eine Stimmung.

Dr. Gabrieli begrüßte Hermine mit einem Lächeln; nach ein paar unverbindlichen Nichtigkeiten sagte sie:

»Herr Jüssen ist noch nicht gekommen; es ist auch nicht sicher, ob er erscheint. Aber...« Sie blickte zu einem schlanken Mittvierziger, der am anderen Ende des Buffets stand. »Sie kennen Herrn Holtmanns noch nicht, oder?«

Der Mann trug grauen Rollkragenpullover unter grüner Cordjacke. »Sieht pädagogisch aus«, sagte Matzbach.

»Wie recht Sie haben.« Gabrieli preßte die Lippen zu einem Strich. »Ich nehme an, daß er in den nächsten paar Monaten versuchen wird, den Verein hier zu entern.«

»Wie meinen Sie das?« sagte Hermine. »Entern?«

»Übernehmen.« Dr. Gabrieli nippte an ihrem Sekt. »Es geht um ernste Dinge – wenn man ihn hört, und offenbar schließen sich viele Mitglieder seiner Meinung an.«

Matzbach runzelte die Stirn. »Liebe Frau Präsidentin, Sie wollen doch nicht etwa sagen, daß dieser Verein vom freien Spiel des Sprachgeistes zu ernsthaften Dingen übergehen will? Das wäre ja entsetzlich.«

»Doch, ich fürchte, darauf läuft es hinaus.«

»Was hat dieser, eh, Holtmanns denn vor?«

»Er will die Sprachwelt verbessern.«

»Wie?«

Dr. Gabrieli hob die Schultern. »Wie jeder gute Inquisitor. Durch Vorschriften. Da drüben« – mit dem Kinn wies sie auf einen fetten Lederband, der auf einem Stehpult lag – »ist die erste Liste. Idiotismen, nennen wir es mal so. Die Mitglieder sind gehalten, in Umlauf befindliche Idiotismen zu sammeln, dort einzutragen und sich feierlich zu verpflichten, nicht nur diese inkriminierten Wörter zu meiden, sondern durch öffentliches Wirken dafür zu sorgen, daß möglichst viele andere bemerken, daß es sich um zu meidendes Wortmaterial handelt.«

»Unterwörter, was?« Matzbach grinste schräg. »Irgendwie haben wir doch alle was dafür übrig; andererseits müssen wir uns ja nicht zu Tugendwächtern aufspielen. Was steht denn so da drin, bisher, in diesem Ausmerz-Buch?«

»Ach, die üblichen Gräßlichkeiten. *Ultimativ*, zum Beispiel – ist ja in den letzten Jahren ohne Ultimatum für ›besonders gut‹ oder so in Gebrauch geraten. Statt ultimat, was auch häßlich, aber wenigstens nicht falsch war. Das ultimative Leseerlebnis, wissen Sie; und die ultimativ geile oder, eh, geil ultimative Nullnummer.«

Hermine schüttelte sich.

»Andere zur Ausmerzung vorgesehene Wörter sind der schiere Unsinn; etwa das doppelmoppelige ›lohnenswert‹ oder ›nichtsdestotrotz‹, vor Jahren als Parodie des ebenso häßlichen wie unnötigen ›nichtstdestoweniger‹ ausgeheckt, pardon, aúsgehocken und von den falschen Leuten ernstgenommen.«

»Man sollte«, sagte Baltasar, »aber auch ein bißchen positiv denken. Wie wäre es mit einem Einmerz-Buch; Merz-

Buch? Eines, in das schöne Wörter eingetragen werden, die vergessen wurden oder die hier neu erfunden werden?« Er klopfte auf seinen Bauch. »Dinsen, zum Beispiel. Dinsen, dons, gedunsen. O dönse ich. O welch ein Gedöns.«

»Könnte man anregen. Bisher ist noch niemand auf so etwas gekommen; danke sehr, lieber Herr Matzbach. Aber, um bei diesem Band zu bleiben – natürlich stehen darin auch die grausamsten Produkte der Obrigkeit. Justizvollzugsanstalt, zum Beispiel.«

»Ist das falsch? Ich bin keine Juristin«, sagte Hermine.

»Wo wird Justiz vollzogen? Im Gerichtssaal. Aber ...«

Matzbach nickte. »Aber. Genau. Was wird aus dieser Gesellschaft? Wenn sie nicht mehr Verben stärkt, sondern sich zur Besserungsanstalt machen will?«

Dr. Gabrieli klang tief betrübt. »Es wäre das Ende, nicht wahr?« Sie legte eine Hand auf Matzbachs Arm. »Wollen Sie nicht doch Mitglied werden? Vielleicht bekämen wir eine Mehrheit zusammen, für die alte Spielerei.«

Baltasar seufzte leise. »Irgendwie bedaure ich es ja, aber ich bin ein ganz schlechtes Mitglied. Lassen Sie mich ein paar Tage drüber nachdenken, ja? Und, eh, sagen Sie, uns steht doch demnächst eine Rechtschreibreform ins Haus. Was meint denn die Fraktion der Holtmänner dazu?«

»Sie ist dagegen.«

»Vernünftig.«

»Moment. Sie ist nicht dagegen, weil man etwa der Meinung wäre, daß die Sprache allen gehört und niemand über sie zu bestimmen hat, schon gar nicht irgendwelche Politiker; sondern diese Fraktion ist dagegen, weil sie selbst die Regeln aushecken und über das Land verhängen will.«

Etwa eine Stunde lang wanderten Matzbach und Hermine durch den großen Raum, plauderten mit Leuten, die sich flüchtig an Baltasar zu erinnern vorgaben, warfen Blicke ins Ausmerz-Buch, mieden das Gespräch mit Herrn Holtmanns und warteten darauf, daß Elias Jüssen vielleicht doch noch erscheine.

Und er kam, als sie eben gehen wollten. Es war, als habe der Raum plötzlich einen neuen, überschweren Mittelpunkt erhalten. Jüssen trug einen leichten, hellen Sommeranzug, wirkte weit jünger als 72, lächelte, begrüßte Dr. Gabrieli mit einem Handkuß, tat nichts Ungewöhnliches, und dennoch richteten sich sofort alle Blicke auf ihn. Plaudernde Grüppchen begannen – wie abgesprochen – seitlich schlurfende Annäherungsmanöver. Leise Gespräche wurden lauter, als ob die Sprecher nur ja von Jüssen gehört und bemerkt werden wollten. Andere Unterhaltungen erlagen ganz, weil niemand mehr etwas sagen, alle lieber Jüssen schauen wollten. Eine nicht mehr ganz junge Dame preschte vor – nachdem sie von der Garderobe ein großes Paket geholt hatte, das sie auswickelte und Jüssen halboffen reichte: einen antiken Teddy.

»Seine Majestät betreten den Salon«, murmelte Hermine. »Bis jetzt dachte ich, so was gibt's nur auf der Bühne, oder im Film. Ob das so ist, wenn unser aller Hyperkanzler irgendwo auftaucht?«

»So ähnlich, bloß fetter.« Matzbach hob eine Braue. »Ich gebe zu, ich warte ja auch auf ihn und möchte mich gleich an ihn hängen, aber unter diesen Umständen … Es wird zur Frage der Selbstachtung, ihn gewissermaßen zu ignorieren. Ob ich ihn nicht doch einfach anrufen kann?«

Dr. Gabrieli sah sich um, fand Matzbach und winkte. »Kommen Sie! Ich wollte Sie miteinander bekannt machen.«

»Na gut.« Er nahm Hermines Arm und zog sie mit sich.

Jüssens Händedruck war routiniert: kräftig, aber extrem kurz. Wie man es sich angewöhnt, dachte Matzbach, wenn man öfter zweihundertelf Hände hintereinander wegdrükken muß. Oder mehr. Er fand den großen Philanthropen aus der Nähe erheblich weniger beeindruckend; das Gesicht war eine flexible Maske der Leutseligkeit, aber die Augen kamen ihm kalt vor.

»Es ist länger her, daß ich zuletzt hier war«, sagte Baltasar. »Ich erinnere mich, Sie damals gesehen zu haben, aber da wooß ich nicht, wer Sie sind.«

»Wissen Sie es jetzt?« Jüssens Stimme war tief und voll, mit etwas seltsam Blechernem darin.

»Durch einen schieren Zufall, ja. Ich sah in einem Lokal der Südstadt ein paar alte Teddybären, und als ich danach frug, erzuhl mir ein Mensch, der wohl für einen Bekannten von Ihnen arbeitet, daß Sie so etwas sammeln. Und daß Sie Philosophen horten.«

Jüssen zuckte mit keiner Faser. »Philosophen? Ah, ja, das stimmt. Aber wer ist dieser Bekannte?«

»Kein besonders sympathischer Mensch; ich hoffe, Sie bemorken, daß ich nicht von ›Freund‹ gesprochen habe.«

»Ich be- und vermork es. Um wen handelt es sich?«

»Lanzerath.«

»In der Tat. ›Freund‹ wäre übertrieben. Was ist mit den Philosophen? Sie klangen so, als verknöpfen Sie damit etwas Besonderes.«

»Ich gelung durch Zufall in den Besitz einer umfangreichen Spezialbibliothek, die sowohl meine Bedürfnisse als auch meine Räumlichkeiten sprönge, wenn ich nichts unternähme.«

Jüssen nickte; er schien eher gelangweilt. Als Matzbach den Namen des professoralen Vorbesitzers und Erblassers nannte, nickte der Magnat abermals.

»Faxen Sie mir doch gelegentlich eine Titelliste zu«, sagte er. Aus der Jackentasche holte er ein krokodilenes Portefeuille, nahm eine Visitenkarte heraus und reichte sie Matzbach. Baltasar revanchierte sich; Jüssen steckte den gepunzten Pappzettel ein, ohne hinzusehen.

Er ging wenige Minuten später wieder; Dr. Gabrieli sagte, er bleibe meistens nicht lange – zwei kurze Gespräche, ein halbes Glas Sekt, mehr nicht. Matzbach und Hermine verabschiedeten sich ebenfalls; als sie hinausgingen, sahen sie einen überlangen 600er Benz in die Nacht gleiten.

»Und jetzt?« sagte Hermine. »Hat sich das gelohnt? Hast du noch was vor?«

»Ich finde, es war Lohnes wert. Nichtsdestominder will ich dich jetzt noch in die ultimate Südstadtkneipe schleifen.« Er trällerte leise: »Wo oft ein Teddy hinterm Tresen stand und Zaches kurzes Glück auf Trudi fand.«

Aber Zaches und Trudi waren nicht da. Auch der Zappes war ein anderer, redselig. Sie tranken im Stehen zwei Kölsch, unterhielten sich leise, beobachteten und versuchten, nicht aufzufallen. Matzbach war ein wenig irritiert, als er feststellen mußte, daß nicht drei, sondern vier Teddys auf dem Bord hinterm Tresen hockten und zu greinen schienen.

Gegen halb elf tauchten plötzlich zwei schlanke, sehr kräftige Männer in schwarzen Anzügen auf. Die Gäste ignorierten die beiden, aber der Zapfer schien einen Moment zu gefrieren. Die beiden hielten sich nicht auf; einer sagte: »Gib mal die vier Affen her. Irgendwas Wichtiges?«

Der Zappes nahm die Teddys, reichte sie den Männern und sagte mit belegter Stimme. »Nee, alles unter Kontrolle.«

Die Schwarzgekleideten sahen sich kurz um, beiläufig, professionell, streiften auch Baltasar und Hermine mit eher gleichgültigen Blicken und gingen. Der zweite hatte das Lokal noch nicht verlassen, als etwas düdelte. Er holte ein Mobiltelefon aus der Jacke, die er dabei zurückschob.

Als beide endgültig draußen waren, pfiff Matzbach leise. »Hast du das gesehen? Handy und Knarre. Nette Kerlchen. Und der Laden gehört Lanzerath, Jüssen sammelt Teddys und findet, Lanzerath als Freund zu bezeichnen wäre übertrieben.« Er wandte sich an den verstummten Zappes. »Was war denn das? Schutzgeld? In Form alter Teddys?«

Der Mann schüttelte den Kopf. »Die Leibgarde vom Chef«, sagte er. »Der sammelt Teddybären. Aber irgendwie muß ich die Jungs nicht hier haben.«

Kurz vor Erreichen des alten Hofs in Brenig registrierte Matzbach, daß aus einer Nebenstraße ein größerer Mercedes mit Standlicht kam und sich an die DS hängte. Der Wagen folgte ihnen in den Innenhof des Gevierts.

»Ich weiß nicht, was das wird«, sagte Baltasar. »Ich …« Er langte über Hermines Schoß zum Handschuhfach. Bevor er es öffnen konnte, wurden die Türen zu beiden Seiten aufgerissen. Eine flache, harsche Stimme sagte: »Aussteigen, beide, bitte; und die Hände weg vom Fach da.«

»Was bilden Sie sich ein?« sagte Hermine. »Verschwinden Sie sofort von diesem Grundstück, sonst...«

»Halten Sie bitte den Mund; es geht um ihn hier.«

Matzbach stand inzwischen neben der DS. Der Mann an seiner Seite hielt eine kleine Halbautomatik in der Hand.

»Hände aufs Wagendach.«

Als Matzbach nicht sofort gehorchte, rammte ihm der Mann den Lauf des Stahlreptils in den Bauch. »Sie können's auch auf die Lippe kriegen.« Es klang ganz gelassen, wie eine Konversation unter flüchtig Bekannten.

Er tastete Baltasar ab. »Okay«, sagte er schließlich. »Steckt wahrscheinlich im Handschuhfach, braucht uns aber jetzt nicht zu interessieren. Hören Sie zu, Mann.«

»Ich bin ganz Ohr. Bezaubern Sie mich mit Ihrer feinen Konversation.«

Er stand noch immer mit dem Bauch zum Citroën, die Hände auf dem Dach, die Beine gespreizt. Diesmal traf der Lauf der Waffe seine linke Niere; gleichzeitig zog der Mann ein Knie hoch, zu Matzbachs Hoden.

Er stöhnte, krümmte sich, hielt sich am Wagendach fest.

»Sie hören einfach zu. Das hier ist nie passiert, Sie wissen nichts von Teddybären, lassen sich nicht mehr im *Goldenen Kappeskopp* sehen, und vor allem kümmern Sie sich überhaupt nie wieder um die zwei Herren, die Sie heute abend erwähnt und behelligt haben.«

»Welche?« Matzbach würgte. »Den Zappes?«

»Jüssen und Lanzerath, wenn Ihnen die Namen was sagen.«

Der andere Mann, der bei Hermine stand, deutete aufs Wohnhaus. »Sie gehen jetzt beide zur Haustür, die Treppe da rauf, und setzen sich auf den Boden.«

Hermine ging, Baltasar folgte hinkend und fluchend. Der erste Mann hielt plötzlich ein langes Messer in der Hand.

Er rammte es zuerst in den einen, dann den anderen Vorderreifen der DS.

»Und wir raten Ihnen sehr gut, das hier sofort zu verdrängen. Die Polizei mag uns nicht besonders, aber wir haben ein paar Kollegen, die mögen uns und können Leute nicht leiden, die Schwierigkeiten machen. Klar?«

»Schmusemord, was?« sagte Hermine später, als beide sich mit einem Whiskey gestärkt hatten.

»Fallen uns andere wünschenswerte Titel ein? *Reifenschlitzertango? Freut euch des Bebens – Hebens* – was auch immer?«

»Das wird nichts mehr, heute abend; dichtungsmäßig. Was liegt morgen an?«

»Morgen fahren wir nach Wien. Und zwar mit dem BMW. Scheiße.«

»Baltasar, so ein hartes Wort.«

»Ach, ich wollte die DS bewegen, aber irgendwie ist mir die Lust vergangen, da morgen früh noch lange dran rumzubasteln. Ich hab den Jungs von der Werkstatt was auf Band gesprochen; die sollen das Auto abholen.« Er wies mit dem Kinn auf den Anrufbeantworter, den er vor dem

Whiskey abgehört hatte. »Komarek erwartet uns. Hier gefiel es mir heute abend nicht so richtig.«

»Mann, bist du anspruchsvoll. – Hast du Yü informiert?«

Matzbach nickte. Er hatte den Chinesen gewarnt: Wenn Matzbach Jüssen eine Visitenkarte reicht und Lanzerath erwähnt; wenn Jüssen daraufhin Lanzerath alarmiert, offenbar sofort, vielleicht per Autotelefon; wenn Lanzerath seine Hooligans losschickt, damit Matzbach weder Jüssen noch Lanzerath zu nahe kommt – was lernen wir daraus?

»Erstens«, hatte Yü gesagt, »daß Lanzerath springt, wenn Jüssen ›hüpf‹ sagt. Zweitens, daß auch ein Yü sich vorsehen sollte, der ja mit Matzbach bei Lanzerath war. Ich red mal mit Tshato. Ashantifürsten sind Krieger und furchtlos.«

»Gute Idee. Grüß ihn.«

6. Kapitel

The first thing we do, let's kill all the lawyers.

William Shakespeare

Drei Übernachtungen mit gutem Essen und amüsanten Betten; es wurde Montag, bis sie Wien erreichten. Dort weigerte sich Matzbach zunächst, Komarek ihre Ankunft zu melden; er wolle, sagte er, die wesentlichen Dinge vor den unwichtigen erledigen. Zu den wichtigen gehörten die Hofburg, einmal vom Riesenrad im Prater spucken, in einem unrenovierten Kaffeehaus eine Melange trinken und Hermine seufzend begleiten, falls sie bei den Sängerknaben Wallache zu striegeln oder die Lipizzaner zu kraulen gedächte. Andere wesentliche Dinge bedurften der Führung durch einen Eingeborenen, z.B. Komarek, oder waren undurchführbar – Baltasar wollte unbedingt die Schauplätze der einen oder anderen Heldentat von Kottan sehen, mit Ostbahn-Kurt Bier trinken, Qualtinger exhumieren, ein Azorenhoch in Sliwowitz ertränken, sein Wasser auf der Strudlhofstiege abschlagen, Legationsrat Dr. Tuzzi über die hierarchischen Verwerfungen bei subkakanischen Zwergen befragen, all dies innerhalb von sechs Stunden.

Nachdem sie die letzten fünfzig Kilometer alle Varianten

debattiert hatten, steuerte Matzbach den BMW zu einem kleinen, eher schäbigen Hotel nahe dem Theater in der Josefstadt; er habe dort, sagte er, vor Jahren schlaflose Nächte ohne Pyjama verbracht und wolle sehen, ob es Änderungen gebe.

»Pyjama?« sagte Hermine. »Irgendwann hast du mir mal erzählt, du hättest zeitweilig Nachthemden getragen. Jemand hat dir doch mal eines geschenkt, ein altes, das noch einen Einnäher hatte aus irgendeinem Männerknast.«

»Wohl, wohl. Das hatte ich damals nicht dabei; aber selbst wenn – ist denn nicht die Nutzung eines Nachthemds gleichbedeutend mit dem Verzicht auf einen Pyjama?«

»O Mann.« Hermine betrachtete die karge Einrichtung des Hotelzimmers. »Na ja, es gibt ein Klo; viel mehr ist nicht zu sagen.«

»Irgendwie finde ich mich angemessen geizig«, sagte Matzbach; er saß auf der Bettkante, da Hermine den einzigen Sessel übernommen hatte. »Wir sind ja nicht hier, um uns im Hotel aufzuhalten; wozu also sinnloser Luxus?«

»Und jetzt? Lipizzaner? Oder dein komischer Legationsrat?«

»Komarek der Legations-Lipizzaner.« Matzbach griff zum Telefon.

Sie trafen sich in einem Baltasar überaus genehmen alten Kaffeehaus, kaum fünf Minuten vom Stephansdom. Komarek wirkte ein wenig vergrätzt, weil die »reichsdeutschen Piefkes«, wie er sagte, Logis gesucht hatten, ohne seine qualifizierte Beratung zu erheischen.

»Ich bin zerknirscht, mein Lieber.« Matzbach grinste breit. »Gelegentlich werde ich darauf verzichten, Ihnen die Füße zu küssen, derlei Gebärden der höflichen Untröstlichkeit aber andeuten. Was machen Sie eigentlich so fern von Bregenz? Wollte ich schon am Telefon fragen.«

»Inneres Exil«, knurrte Komarek. Mit der Linken rührte er in seiner heißen Schokolade; mit dem rechten Zeigefinger kratzte er Sedimente aus einem unlesbaren Schriftzug, den vor Äonen, als die Tische noch jung waren, jemand hier hinterlassen hatte.

»Das haben Sie doch schon gesagt, als ich gefragt hab, wie ein Wiener nach Bregenz kommt.«

»Ich bin eben immer im Exil. Vertriebener ohne Heimat, wenn Sie so wollen.«

»Sie sollten um Ehrenmitgliedschaft bei den schlesisch-sudetischen Ostpreußen ersuchen, oder so.«

Hermine stöhnte. »Geht das jetzt die ganze Zeit so?«

Matzbach sagte: »Nein, Geliebte.«

Komarek war es gelungen, die historische Ritzung freizulegen. Er strahlte, sagte »ha!« und deutete auf den Fund. Matzbach verrenkte den Kopf, um lesen zu können. *Ödön ödet.*

»Ob der hier war?« sagte er.

»Wo war der nicht? Der war doch sogar in Berlin, bei den Piefkes.«

»Mögen Sie nicht einfach mal zur Sache kommen, Sie Tschusch?«

Hermines Augen folgten dem antiken Kellner, dessen Gangart, mürbe von der Mühsal des Seins und zerschlurft ob der Schründe des Parketts, zu einem schwebenden Eiern oder watschelnden Verströmen geworden war. Gang und Haltung bargen jene beflissene Unbotmäßigkeit, die den Dienst am Kunden nicht ausschließt, sofern die Transaktion mit der Demoralisierung des Zahlenden endet.

»Na gut.« Komarek hustete rhetorisch. »Morgen früh, elf Uhr, haben wir einen Termin mit dem Anwalt. Wir treffen uns in Czernys Wohnung – beziehungsweise davor; ich hab keinen Schlüssel.«

»Sind die trauernd hinterbliebenen Damen dabei?«

»I wo. Gott bewahre. Nein.«

»Schade. Da ich mich vage an jene erinnere, die ihn damals in meinem bretonischen Labyrinth bezaubert hat, hätte ich meine Einschätzung seines Charakters gern durch weitergehende Beobachtungen ergänzt.«

»Mann, können Sie schwätzen! Aber ich sag Ihnen, es lohnt sich nicht. Wenn die damalige Dame ansehnlich war, belassen Sie es dabei. Das, was er in letzter Zeit so geheiratet oder mit Beschlag belegt hat, muß man nicht gesehen haben.«

Hermine blickte streng. »Muß ich mir Chauvi-Reden anhören? Die Fahrt hätte ich mir sparen können.«

Komarek lächelte. »Küß die Hand, Madame; ich bin entzückt, daß Sie diesen Unhold nicht solo auf Österreich losgelassen haben.«

»Wo ist diese Wohnung?« Matzbach verzog keine Miene.

»In der Josefstadt. Wo sind Sie abgestiegen?«

»Wahrscheinlich in der Nähe.« Matzbach nannte Namen und Straße des Hotels; Komarek ächzte.

»Also, *die* Sorte Quartier hätten Sie auch in der Sahara oder in Bonn haben können. Mußte das sein?«

»War unausweichlich. Sprechen Sie weiter, Herr.«

»Ungern.«

»Dann erklären Sie mir doch mal, wieso Sie die falsche Fährte verfolgen. Und was Ihr Anliegen überhaupt ist.«

Komarek stützte die Ellenbogen auf den Tisch und faltete die Hände vor der Nase. »Falsche Fährte?« Er klang aufrichtig erstaunt. »Was meinen Sie damit?«

»Sie haben, auf welchem Weg auch immer, zu uns nach Brenig gefunden, um mich mit alten Sentimentalitäten zu belabern und auf Czernys Hinscheiden anzusetzen.«

»Na ja; ich würde es anders ausdrücken, aber …«

»Egal. Sie haben mir einen Haufen ziemlich nutzloser Papiere gegeben, denen ich entnehmen konnte, daß Czerny hinter einem Menschen namens EJ her war. Und als Sie im Atelier standen, haben Sie auf das Holzportrait der hier sittsam anwesenden Künstlerin gedeutet und gesagt, das sei der Mann.«

Komarek nickte. »Und? Was ist daran falsch?«

»Wie kommen Sie darauf, daß das der Mann sei? Welcher übrigens? Der, hinter dem Czerny her war?«

»Ja.« Komarek lehnte sich zurück und verschränkte die Arme vor der Brust. »Er hat mir irgendwann mal, als wir über seine schrägen Recherchen geredet haben, ein Bild gezeigt – ein Pressefoto, beziehungsweise die Fotokopie eines Pressefotos, und gesagt, das wäre der, bei dem alle Fäden zusammenlaufen. Oder so.«

Matzbach blickte Hermine an, die ihn mit dem Ellenbogen gestupst hatte. »Sie wünschen?«

»Ich glaube, das ist ganz einfach ein Mißverständnis«, sagte sie. «Darf ich mal?«

»O aber bittesehr doch.«

»Also. Czerny hat irgendwas recherchiert; worum ging es dabei genau?«

Komarek schloß einen Moment die Augen; ein wenig weinerlich und extrem nasal sagte er: »Hab ich Ihnen doch erzählt. Und stand auch in den Papieren.«

»In den Papieren«, sagte Matzbach, »stand nichts außer wirren Notizen. Die sich zweifellos auf etwas beziehen – aber worauf? Wenn wir das wüßten, könnten wir im Zweifel mehr damit anfangen.«

»Das Ganze ist eine ziemlich windige Sache, von Anfang an.« Komarek zog ein kariertes Tuch aus der Tasche des karierten Jacketts, putzte sich lautstark die Nase, inspizierte das Ergebnis, runzelte die Stirn und steckte das Tuch wieder ein. »Von Anfang an?«

»Aber nicht zu ausführlich.«

»Aha. Mhm. Also: Vor einem halben Jahr wurde in der Nähe von Bregenz, gut erreichbar für alles in der Gegend – allgemein Bodensee, okay? Also Deutsche, Schweizer, Österreicher. Wurde in der Nähe von Bregenz ein Freizeitpark hochgezogen. Wo die Leute, wenn sie genug gebadet haben, auch noch Squash und Trockenrodeln und Tennis und Rollbrett und Minigolf absolvieren können, ja?«

»Ich kann Ihnen folgen«, sagte Matzbach. »Bis jetzt jedenfalls. Sprechen Sie sich einfach aus; das soll gut sein für die Seele.«

»Ha. Haben Sie so was? Jedenfalls – ich hab mich ein bißchen drum gekümmert, ist ja meine Ecke; dabei kam ich ziemlich schnell darauf, daß eine dieser komplizierten großeuropäischen Finanzierungen abgelaufen sein muß.«

Hermine hob die Hand, um den Kellner aus seiner hochmütigen Trance zu lösen. »Meinen Sie, EU-Gelder vor und zurück, oder was?«

»So ähnlich. Ich kann's Ihnen nicht genau sagen, weil ich das damals bald abgegeben hab. Ungefähr so.« Er holte tief Luft, konzentrierte sich und brach in einen längeren Monolog aus. Der Kellner schien die Dringlichkeit von Komareks Rede zu ahnen und beschloß offenbar, nicht durch Annäherung zu stören. Hermines nächster Kaffee mußte warten.

Komareks Ausführungen waren ganz allgemein unwegsam, wie Matzbach später sagte; dies mochte aber auch daran liegen, daß er und Hermine das Gefühl hatten, von dem Journalisten auf vermintes Gelände geführt zu werden, wo er selbst sich auch nicht besonders gut auskannte. Offenbar hatte jemand etwas ganz Feines ausgetüftelt, um Österreichs EU-Mitgliedschaft gebührend zu feiern und richtig einzuleiten. Insgesamt sah es etwa so aus:

Ein paar Bauern legen Weideflächen still und kassieren Prämien für die Stillegung; sie lassen die bisher dort gezüchteten Rinder schlachten und kassieren Schlachtprämien; danach verkaufen sie die stillgelegten Flächen an eine Investmentfirma, die durch Anlegung eines Freizeitparks mit zugehöriger Infrastruktur Arbeitsplätze schafft, den Wert der Gegend allgemein erhöht und dafür kommunale und transnationale Zuschüsse erhält. Inzwischen werden die angeblich geschlachteten Rinder nach Korsika transportiert und Bauern im Hinterland verkauft, zu Stückpreisen, die etwa die Hälfte dessen ausmachen, was die korsischen Bauern von der EU an Prämien dafür bekommen, daß sie in einem agrarischen Fördergebiet Kühe züchten/ansiedeln/auf kargen Weiden verhungern lassen.

Komarek kratzte sich den Kopf und begann mit dem zweiten Kapitel: irgend etwas über spanische Mitinvestoren, die den Freizeitpark genutzt hätten, um weitere EU-Gelder zu verbuddeln. Und zwar hätten sie, auf Vorschläge aus Brüssel hin, in der Estremadura jahrhundertealte Korkeichen gefällt, dort zuvor freilaufende Schweine in Massenhaltung genommen (und mit Prämien geschlachtet), anschließend oder gleichzeitig begonnen, auf den freigewordenen Flächen Weizen anzubauen, den zwar in Europa niemand brauche, für den es aber wiederum Prämien gebe, sofern man das komplett überschüssige Getreide nach der Ernte vernichte. Ferner seien...

»Hören Sie auf«, sagte Hermine erschöpft. »Und das haben Sie alles rausgekriegt?«

»Nein. Ich bin ziemlich schnell ausgestiegen, wie gesagt; ich hatte aber vorher Czerny davon erzählt. Der hat ja seit Jahren frei gearbeitet, während ich da ziemlich festsitze. Eigentlich hab ich gar nicht genug Zeit für solche Abenteuerromane.«

»Was genau machen Sie eigentlich?« sagte Matzbach.

»Müssen wir das erörtern? Na schön...« Komarek seufzte und winkte dem Kellner, der ihn ebenso ignorierte wie zuvor Hermine.

Matzbach legte die Hände an den Mund, brüllte »KAFFEE!!!« und grinste, als der Kellner zusammenfuhr. »Manche Leute zünden nicht von selbst, sondern müssen in Gang gesprengt werden«, sagte er. »Weiter, bitte.«

Komarek wartete, bis sie ihre Nachbestellungen aufgegeben hatten. »Zeitung«, murmelte er dann, »und Mitarbeit bei einem dieser neuen privaten Lokalsender. Mehr? Verheiratet, zwei Kinder, im Moment im Urlaub. Und wenn Sie je nach Bregenz kommen, wäre ich Ihnen verbunden, wenn Sie Stichworte wie ›Abendessen‹ und ›gewisse Weiterungen‹ für sich behalten könnten.«

»Geschenkt. Also, Sie haben den Anfang rausgekriegt und dann Czerny davon erzählt?«

»Mhm. Und der hat von Wien aus, wo die ›besser informierten Kreise‹ rotieren, weitergeforscht.«

»Zurück zu meinem Portrait«, sagte Hermine. »Czerny hat Ihnen ein Foto gezeigt, und Sie haben den Mann wiedererkannt, als Sie die unfertige Büste sahen?«

»Ja.«

»Das Problem ist nur, daß Sie keinen Namen wissen, oder?«

»Ist das ein Problem? Da steht doch in den Papieren einiges – immer abgekürzt, EJ oder so, nicht wahr?«

»Den haben wir dann ja als Elias Jüssen identifiziert, Finanzier und Philanthrop in Köln. Das Problem ist nur, der Mann, der Czerny in Notwehr erschlagen hat, weil Czerny sich an dessen Freundin herangemacht haben soll ...«

Komarek grinste. »Hat er immer gemacht, ja. Und?«

»Der Mann war erstens schwul und hatte überhaupt nichts mit der fraglichen Kellnerin.«

»Ah. Interessant.«

»Und zweitens hat Baltasar ...«

»Wer?« sagte Komarek. »Ach so, Sie meinen den da. Matzbach. Es gibt Leute, die sollten keine Vornamen haben.«

»So was wie Sie«, knurrte Matzbach. »Sprich weiter, Holde; du machst das hervorragend.«

»Danke. Also, dieser Totschläger hat zweitens gar nicht für EJ alias Elias Jüssen gearbeitet, sondern für einen anderen Kölner Magnaten. Dieser andere wiederum ist spezialisiert auf Geschäfte mit Freizeitparks und sportlichem Bodenbelag und derlei.«

Komarek rieb sich die Nase. Er öffnete den Mund, schwieg dann aber, bis der Kellner die nächsten Getränke abgestellt hatte, dankte überaus herzlich, »auch im Namen der armen durstenden Ausländer«, und sagte dann:

»Na ja, sieht so aus, als ob Czerny dann gar nicht hinter Jüssen, sondern hinter dem anderen her war, wie? Wie heißt der denn?«

»Lanzerath«, sagte Hermine. Sie lächelte beinahe liebevoll. »Und mit Vornamen Evergislus.«

Komarek starrte sie an. »Ever- was?«

»Evergislus.«

»Ha. Ich wußte doch, eines Tages finde ich jemand, der noch schlimmer heißt. Dagegen ist Hieronymus ja harmlos.«

»Das Problem ist nur«, sagte Matzbach, »daß in den Papieren, die Sie mir gegeben haben, nichts über diesen Lanzerath steht. EJ kann er ja nicht sein – es sei denn, Czerny hätte uns allen ein J für ein L vorgemacht.«

»Evergislus Lanzerath«, sagte Komarek, noch immer andächtig. »Aber Sie haben recht – EJ kann nicht EL sein.«

»Weshalb mich die Papiere interessieren, die Czerny hinterlassen hat. Morgen früh, sagten Sie? Elf Uhr?«

»Ja. Wollen Sie sich vorher noch was ansehen?«

»Er will im Prater vom Riesenrad spucken«, sagte Hermine. »Und ein paar Leute sprechen, die es nicht gibt.«

»Sieht ihm ähnlich.« Komarek blinzelte; es mochte auch ein Zwinkern sein. »Und heute? Haben Sie schon überlegt, wo Sie nachher essen wollen?«

»Noch nicht.«

»Doch«, sagte Matzbach. »Aber vorher noch was. Sie verplempern Ihren Urlaub also damit, hinter Czerny herzuräumen? Versprechen Sie sich was davon?«

»Sie werden es nicht glauben: Es gibt so was wie Gefühle, wissen Sie. Ein alter Freund ist tot; da möchte man doch wissen, was eigentlich geschehen ist.«

»Ah ja.«

»Was war mit deinen Essenswünschen?« sagte Hermine. »Du wolltest dir doch unbedingt diese Klepper anschauen, Lipizzaner.«

»Was hat das mit Essen zu tun?«

Matzbach grinste. »Ach, ich frag mich bloß, ob's nicht vielleicht bei der Hofreitschule den einen Metzger gibt, der den Italiener nebenan beliefert. Bei dem man als Spezialität des Hauses Lipizza kriegt.«

Czernys Behausung lag jenseits eines Innenhofs, in dem die längst nutzlose Pumpe wie ein vergessener Posten stand; das Becken, das einmal Pumpenwasser aufgefangen hatte, war voll von zerdrückten Getränkedosen, Tampons und Kondomen. Eine von Generationen ausgetretene Treppe führte hinauf zur zweiten Etage; links wohnte jemand namens Albuquerque-Tupfinger, ließ sich aber zu Matzbachs Enttäuschung nicht blicken.

Hinter der angelehnten, zerkratzten und mit *sgraffitti* der unlesbaren Art verzierten Tür lag ein Flur; die Tür des ersten Raums stand offen, versperrte den weiteren Durchgang und zwang die Besucher, das vordere Zimmer zu betreten. Matzbach klatschte in die Hände und sagte: »Ach. Ach ja.«

Czerny hatte nach der letzten Trennung oder Scheidung (»wie man's nimmt; kommt irgendwie aufs selbe raus«, sagte Komarek) eine ramponierte Altbauwohnung bezogen. Noch während sie sich umschaute, argwöhnte Hermine, es sei dies ein Versuch gewesen, weitere Damen abzuschrecken.

»Sie kennen Österreicherinnen nicht.« Komarek schnalzte. »Felix Austria und so weiter. Wer diese Absteige freiwillig betritt, hat sich schon aufgegeben und will inzestuöse Mutter spielen.«

»Meinen Sie, das wäre in Deutschland anders?«

»Wahrscheinlich kennen Sie auch Deutsche nicht. Oder sagt man jetzt, im Zeichen der Korrektheit, Deutschinnen?«

»Wer kennt sich schon mit wem aus?« sagte Matzbach. »Ihr langweilt mich. Die offene Tür verheißt die Anwesung eines austrischen Juristen. Wo mag er sich befinden?«

Die beiden letzten Sätze hatte er sehr laut gesagt; aus einem Nebenzimmer hörte man ein mattes »Hier«, gefolgt von einem wuchtigen Niesen.

»Gesundheit, gegen wen auch immer.« Matzbach ging dem Klang nach; was allerdings nicht einfach war.

Der Boden des Raums bestand aus alten Bohlen, die den windungsreichen Verlauf der Zeit genutzt hatten, sich auf und ab und seitlich zu krümmen. Vor Äonen hatte jemand hier und da mit einem Messer oder vielleicht Spachtel begonnen, einerseits Auswüchse des Holzes zu kappen, andererseits Eisenbahnschienen samt Weichen, Bahnsteigen und Abstellgleisen einzuritzen. Beides war unvollkommen gelungen und genügte nur einer waghalsigen Hypothese: daß dies ehemalige Kinderzimmer vom letzten Bewohner dazu genutzt worden sei, hinfällige Besucher einem befreundeten Orthopäden auszuliefern. Für alle, die die Unebenheiten überwinden konnten, standen weitere Prüfungen bereit. Czerny mußte einen Hang zu antiken Einrichtungsformen gehabt haben – zumindest Sympathien für die Zeit vor der Erfindung des Schranks. Es gab Regale, mehrere Schreibtische, Hocker, Stühle, aber zur Unterbringung von Kleidern nichts als überquellende Truhen, offene Flechtkörbe und amphorenähnliche Objekte, all dies von kundiger Hand so verteilt, daß der Zugang zum nächsten Zimmer nur in einer Art Slalom zu erreichen war.

Im zweiten Raum sah es ähnlich aus: Regale, aus denen die Bücher sich abseilen zu wollen schienen; schwankende Planken; ein riesiges Fenster, das kurz vor dem Ableben des Prinzen Eugen zuletzt geputzt und von den Wechselfällen der Witterung mit dadaistischen Radierungen versehen worden war; Truhen und Körbe; zwischen den Regalen die eine oder andere baumelnde Tapetenbahn; mitten im Zimmer ein Schreibtischmonster, an dem früher einmal in einer Amtsstube zwei kakanische Eichmeister opponierend Papierkrieg gespielt haben mochten.

Die Schreibtischfläche – gut vier Quadratmeter – war übertürmt von Papier, Bechern, aus denen Stifte ragten,

Näpfen voll verbogener Büroklammern; es lagen oder standen dazwischen drei alte Kurbeltelefone (sämtlich nicht angeschlossen), und ein Plastikkorb enthielt die größte Radiergummisammlung, die Matzbach je gesehen hatte. Er wollte nach einem beeindruckten Glucksen bereits weitergehen, in den nächsten Raum, hinter dessen angelehnter Tür etwas zu ahnen war, das eher morastige Walstatt nach der Bataille denn Bett sein mochte. Erst im letzten Moment sah er, daß sich auch ein Lebewesen im Zimmer befand.

Nicht vom, sondern aus dem verstaubten Windsor-Stuhl am Schreibtisch krabbelte Doktor Arcimboldo Metzler, Jurist. Er mochte fünfundvierzig bis fünfzig Kilo wiegen, war mindestens einen halben Kopf größer als Zaches, trug einen Anfang der 50er Jahre von einem teuren Schneider maßgefertigten Nadelstreifer und musterte Baltasar mit den beißendsten hellgrauen Augen, die ihn je seziert hatten. Der Schädel war völlig kahl; ein weißer Tigerschnurrbart, der Clémenceau neidisch gestimmt hätte, und struppige Brauenborsten ragten aus den Runzeln des Gesichts.

Matzbach war so zerschmettert von dem Anblick, daß er den unförmigen Namen kommentarlos hinnahm.

»Und Sie wollen sich durch diesen papierenen Tartaros zu einem höchst fraglichen Elysium kostbarer Funde wühlen?« sagte Metzler. Seine Stimme schien aus einem geborstenen Kellergewölbe zu kommen, war angereichert mit Halbechos, Verwerfungen, knarzenden Treppenstufen und genußreich leergesoffenen Weinfässern und überwältigte Matzbach erneut, da er sich doch kaum des Anblicks zu erwehren vermochte.

»Zu diesem Behufe bin ich hier.« Die eigene Stimme kam ihm fremd und kläglich vor.

Sie wühlten bis halb acht abends, unterbrochen nur einmal durch einen Gang zu einem nahen Kaffeehaus; Metzler beobachtete und behinderte die ganze Zeit. Dies sei seine heillose Pflicht, sagte er; überdies habe er als Vertreter des Toten und des Hausbesitzers ein doppeltes Interesse daran, alles schnell und ordnungsgemäß abzuwickeln.

Hermine genoß es, Matzbach mehrmals fast sprachlos zu sehen; Metzler erwies sich als Meister des verbalen Florettfechtens, außerdem als verfügungsgewaltiger Horter und Nutzer unglaublich obszöner Zoten, für die er sich jedesmal pro forma bei Hermine entschuldigte. Baltasar erwog, die besten später zu notieren und gelegentlich einer Neuausgabe seines Werks *Sexualpathologische Aspekte der Psychokinese* als Anhang zu veröffentlichen.

Bei alledem war es jedoch harte und entbehrungsreiche Arbeit. Der Sippenjurist – dies eine der vielen Selbstbezichtigungen – achtete strengstens darauf, daß niemand auch nur ein Fitzelchen Papier einsteckte; alle Bitten, dies oder das entfernen zu dürfen, um es zu kopieren, wurden abgeschlagen. So leerten sie den Schreibtisch, durchwühlten Regale, sondierten Körbe und Amphoren, demontierten zwei Nachttischchen, fanden im Schlafzimmer einen Computer, durch dessen Dateien, Disketten und Verknüpfungen Komarek schlidderte, trugen Berge zusammen und schichteten sie mehrfach um. Baltasar blieb die ganze Zeit sittsam und gefügig; Hermine suchte hin und wieder Zuflucht in Stoßseufzern, Komarek fluchte geläufig. Metzler half nicht, stand oder saß nur dabei, kommentierte, entsann sich bei diesem oder jenem Stichwort verwickelter Gerichtsverfahren, über die er unaufgefordert berichtete.

Am Schluß hatten sie wenig in der Hand: ein paar Zettel, auf denen kryptische Verweise mit Kürzeln wie EJ, EU, PUPS, MU, RX und ähnliche Dinge standen; den Ausdruck einer offenbar unvollständigen Datei (die letzte Ergänzung endete mit einem abgebrochenen Satz), in der Czerny EU-Richtlinien und spezifische Verstöße dagegen zusammengetragen hatte; insgesamt nicht mehr als Krimskrams.

Metzler, zur Abwechslung stumm, hockte auf der Kante des Doppelschreibtischs und begutachtete die Fundstücke, um zu entscheiden, ob etwas davon die Wohnung verlassen dürfe. Hermine saß in einem zerfledderten Plüschsessel, rieb sich die Schläfen und hielt die Augen geschlossen. Komarek tigerte durch die Zimmer, und Matzbach stand mit verrenktem Nacken vor einem Bücherregal, in dem nichts zu finden war außer Herzmanowsky-Orlando: Gesamtausgabe, Erstausgaben, Sammelbände, Auswahlbände, Zeitungsausschnitte, Bände anderer Autoren, in denen H.-O. erwähnt wurde …

Plötzlich rief er Komarek herbei, der im ehemaligen Kinderzimmer marodierte.

»Bei Herzmanowsky fallen mir die Zwerge ein, die eine Ohrlöffelschnitzerei betreiben«, sagte er.

Komarek rümpfte die Nase. »So, so.«

»Und dabei überlege ich eben, wenn ich am Computer säße und virtuelle Ohrlöffel benutzte …«

»Ei jei wie«, sagte Komarek. »Jetzt kommt bestimmt was ganz Superbes.«

»... wo würde ich dann wohl das formatierte Ohrenschmalz lassen?«

»In einer elektronischen Rotzfahne«, sagte Hermine, ohne die Augen zu öffnen.

»Worauf wollen Sie hinaus?«

Matzbach legte Komarek eine Hand auf die Schulter und starrte ihm in die Augen. »Wenn Sie nicht wollen, daß ich Sie Hieronymus rufe, werden Sie mir jetzt sagen, ob Sie in Czernys Computer den Papierkorb durchwühlt haben oder nicht.«

Komarek schnipste. »Lassen Sie mich los, dann hol ich das nach.«

Er verschwand wieder im Schlafzimmer; nach ein paar Minuten des Klickens und Tippens rief er: »Kommen Sie mal; ich hab was gefunden.«

Baltasar ging zu ihm und starrte mit schmalen Augen auf den Monitor, wo ein kurzer Brief flimmerte.

> *Altes Roß! – Mit getrennter Post schick ich Dir ein paar Unterlagen, die ich nicht hier aufbewahren mag. Interessant, was aus alten Kameraden werden kann, oder? Du hast ihn ja immer gelobt; ich kann's beinahe verstehen. Aber er hat schräge Freunde, könnte man sagen. Andererseits: Diese Rheinländer sind ja alle nicht ganz normal.*
>
> *Ich will's nicht dramatisch machen, aber wenn er sich wehrt und mir was zustoßen sollte, weißt Du jedenfalls Bescheid. Ich hoffe, Dich zur Abwechslung in Wien zu finden, wenn ich von der Reise heimkehre. Gehab Dich wohl, und grüß mir la douce!*

»Kein Datum«, knurrte Matzbach. »Sieht aber irgendwie so aus, als ob, oder?«

»Ist jedenfalls das letzte, was er in den Papierkorb geschoben hat. Sonst nix Bedeutendes, nebenbei.«

»Ich glaube, wir sollten das ausdrucken und dem Extremjuristen nebenan zeigen. Vielleicht fällt ihm was dazu ein.«

Metzler hatte inzwischen beschlossen, daß die auserwählten Fetzen, wie er sich ausdrückte, ohne Minderung der »hochtrabenden« Ansprüche erbberechtigter Damen entfernt werden könnten.

»Was ist das?« sagte er, als Komarek ihm das noch druckerwarme Blatt reichte.

»Ein Brief, auf dem Computer geschrieben, vermutlich ausgedruckt und abgeschickt, danach in den elektronischen Papierkorb geschubst«, sagte Matzbach. »Hat, wie Sie sehen, etwas mit unserem Anliegen zu tun.«

Metzler nickte. »Sieht so aus. Können Sie auch mitnehmen. Noch etwas?«

»Und wie. Haben Sie eine Ahnung, an wen der Brief gerichtet sein könnte? Und wo der Betreffende wohnt?«

Metzler spitzte die Lippen. »Sowohl als auch.«

»Aha. Wäre es Ihnen denn vorstellbar, daß Sie Ihre angeborene feinfühlige Zurückhaltung über Bord würfen und sich aussprächen?«

»Kommt auf das Bord an.« Metzler rutschte von der Schreibtischkante. »Ich bin müde und hungrig; was immer ich mit Herrn Komarek hinsichtlich einer Honorierung meiner heutigen Mühsal ausgemacht habe, war zu wenig. In der Nähe gibt es ein angemessen teures französisches Restaurant.«

»Ich verstehe, was Sie meinen. Gut. Kommen Sie? Ihr? Du?«

Im Restaurant weigerte Metzler sich, vor dem Dessert profane Wörter zu sagen. Dafür aß er nahezu sakral; beziehungsweise fraß so viel, daß Matzbach sich insgeheim fragte, wieso er sich selbst für einen Gourmand hielt und wo Metzler in seinem geringfügigen Körper den Container zur Aufnahme solcher Mengen haben mochte.

Hermine war ein wenig blaß; sie murmelte etwas von Kopfschmerzen und bat die freundliche Kellnerin um ein Aspirin oder derlei. Bis zum Dessert schien die Tablette sich ausreichend aufgelöst zu haben; jedenfalls kam wieder etwas Farbe auf Hermines Wangen, und sie brach schließlich das spezifische Stillschweigen.

»Also, Herr Metzler, nachdem Sie sich nun den Bauch vollgeschlagen haben, könnten Sie doch mal ein paar Worte über diesen Brief verlieren.«

»Küß die Hand, Madame«, sagte Metzler. Er hatte die Serviette mit einem silbernen Clip an seiner Krawatte befestigt und wischte sich nun den Mund mit dem untersten Tuchzipfel. Dann schob er die Kaffeetasse von sich, warf einen Blick ins ebenfalls leere Weinglas und seufzte. »Ah, ein wunderbarer Clos Vougeot war das; gut ausgewählt, Herr Matzbach. Ahemm. Was aber diesen Brief angeht …« Er schüttelte den Kopf. »Sie werden es nicht gern hören.«

»Nach einem guten Essen ertrage ich manches, sogar Juristen«, sagte Matzbach. »Schießen Sie los.«

»Nicht viel zu schießen, leider. Das dürfte an einen Onkel des guten Albin gegangen sein. Und der ist leider auch schon tot.«

»Ziemlich sterbefreudige Sippe, das. Aber wenn Czerny ihm was geschickt hat, müßte es sich doch finden lassen.«

»Schwierig, schwierig. Wen sollte der Empfänger grüßen – *la douce?*«

»Irgendeine Irma?« sagte Hermine. »Des alten Oheims letzte Freude?«

»Ach, leider daneben.« Metzler legte den Kopf in den Nacken und starrte an die Decke. »Dabei sind wir im richtigen Lokal.«

»Ah«, sagte Matzbach. »Etwa *la douce France?*«

»Sie sagen es. Der tote Onkel hatte ein Anwesen dort, im westlichen Burgund. Morvan, genauer. Offenbar hat Albin ihm etwas dorthin geschickt und gehofft, den Onkel demnächst doch wieder einmal in Wien zu sehen, nicht wahr?«

»Sie als Sippenanwalt – haben Sie den Onkel gekannt?«

Metzler nickte. Matzbach mochte es kaum glauben : Der Jurist tupfte eine halbe Träne aus dem linken Augenwinkel.

»Er war einer meiner besten Freunde«, sagte er leise.

»Hatte er einen Namen?«

»Valentin, aber ich habe ihn nur Poldi genannt. Poldi Schmollgruber.«

»Dann hat er Sie wahrscheinlich Boldi gerufen, oder?«

Metzler lächelte, schwieg aber.

»Und Poldi Schmollgruber... wunderbarer Name.« Matzbach schmatzte. »Der ist also auch gestorben?«

»In Wien, einen Tag nach der Rückkehr aus dem Morvan, ja. Das Herz, wissen Sie. Er hat es mit Wein und Tabak stabilisiert, aber irgendwann läßt die beste Wirkung nach.«

»Wenn er also fast gleichzeitig mit Czerny gestorben ist…«

Metzler hüstelte. »Sie sehen das ganz richtig. Als Sippenanwalt, wie Sie gesagt haben…«

»Sie hüten also auch Schmollgrubers Nachlaß?«

»Ah nein, was für ein Wort!« Metzler schüttelte sich. »Das ist nur durch einen weiteren Marc de Bourgogne heilbar. Nachlaß! Pfui. Nein, ich verwalte Schmollgrubers Verlassenschaft.«

»Verlassenschaft…« Matzbach sprach das Wort aus, als hinge davon die Zuteilung eines Sakraments ab. »Verlassenschaft«, wiederholte er. »Wunderbar. Wissen Sie, woran ich dabei denke? Was ich mir unter Verlassenschaft vorstelle?«

»Sie werden es mir wohl kaum verschweigen, fürchte ich.«

Hermine kicherte. »Ein herrlicher Tag. So oft habe ich dich noch nie verblüfft gesehen, Dicker.«

»Verlassenschaft! Das ist so: Ein Dampfer geht unter, im Pazifik; nur eine Frau und ein Mann überleben, erreichen eine einsame Insel, und dann kommt der Rettungshelikopter vorbei, hat aber nur Platz für eine Person. Die Frau fliegt ab – und das, was der Mann jetzt empfindet, das ist Verlassenschaft.«

»Ihren poetischen Blödsinn in allen Ehren«, sagte Komarek, »aber was ist mit Schmollgrubers Verlassenschaft?«

»Albin war sein einziger lebender Verwandter. Abgesehen von ein paar Andenken für Freunde – ein Buch, ein goldener Aschenbecher, handgeschnitzte Ohrlöffel, so etwas – hat Poldi alles dem lieben Neffen vermacht.«

»Das heißt, es geht an die bezaubernden Damen?« sagte Matzbach.

Metzler lächelte Hermine zu. »Um Vergebung, gnädige Frau, und Anwesende sind selbstverständlich nicht gemeint, aber als mit Erbgängen befaßter Jurist gerate ich bisweilen in die Gefahr, zum Verfechter alter indischer Gebräuche zu werden.«

»Witwenverbrennung?« Matzbach grinste. »Lassen Sie uns doch mal kurz darüber reden. Nicht, daß man nicht auch Witwer entsorgen könnte, aber… Gesetzt den Fall, man könnte Czernys Ex-Damen ignorieren. Gesetzt ferner, ich käme zu Ihnen, um von finsteren Umtrieben im fernen Rheinland zu berichten und Sie zu bitten, mir Zugang zu möglicherweise relevanten Papieren in Schmollgrubers, ah, Verlassenschaft zu gewähren.«

»Moment«, sagte Hermine. »Wieso sind wir eigentlich sicher, daß der Onkel den Kram in Frankreich gelassen hat?«

Metzler wackelte mit dem Kopf. »Also, ich habe bei ihm nichts Derartiges gesehen, als ich eine erste Bestandsaufnahme gemacht habe. Außerdem habe ich ihn vom Flughafen abgeholt, als er kurz vor seinem Tod zurückgekommen ist, und da hatte er nur eine kleine Reisetasche.«

»Also ist das Zeug in seinem Haus in Frankreich.« Komarek rieb sich die Hände und lächelte schief. »Ich stelle mir gerade vor, er hätte vielleicht eine alte Bekannte in, was weiß ich, Barcelona, und der hätte er den Kram weitergeschickt. Die wiederum hat ein Landhaus auf Ibiza. Sie können ganz schön rumkommen, wenn Sie alles abfahren wollen. Mann, Mann.«

»Was ich in einem solchen Fall täte?« Metzler lehnte sich zurück und spielte mit dem frisch gefüllten Schnapsglas. »Ich glaube, ich würde Ihnen sagen, daß das Haus so und so heißt und da und da liegt, daß ich einen Schlüssel habe und daß wir uns jetzt über die Konditionen unterhalten können, zu denen ich bereit bin, meine hiesigen Obliegenheiten zu vernachlässigen und Sie ins Morvan zu begleiten.«

»Was unter den obwaltenden Umständen unmöglich ist.«

»Sie sagen es.«

»Könnte man mit den Damen reden?«

»Mein lieber Herr Matzbach, Sie können es gern versuchen. Sie können aber auch« – Metzler zögerte, schien nach einem passenden Vergleich zu suchen – »in einen Käfig klettern, in dem sich mehrere Tigerinnen um ein fettes Stück Fleisch balgen, und denen sagen, Sie würden das Filet gern mal kurz untersuchen.«

»Kann ich Sie morgen erreichen, wenn mir noch was einfällt?«

Metzler zog die Brieftasche, entnahm ihr eine Visitenkarte und reichte sie Matzbach. »Vormittags habe ich Termiten; ah, Termine; ab eins bin ich in der Kanzlei.« Er leerte sein Glas und stand auf. »Im übrigen war es mir ein Vergnügen. Über die Rechnung unterhalten wir uns noch, Herr Komarek.«

7. Kapitel

Ein braver Mann! Ich kenn ihn ganz genau:
Erst prügelt er, dann kämmt er seine Frau.

JOHANN WOLFGANG GOETHE

Mittwochs erwarteten sie Komarek kurz vor Mittag in einem anderen alten Kaffeehaus, wo ein hurtiger Kellner waltete. Hermine entschied sich für einen Stilbruch (wie Matzbach fand), trank Tee und blätterte in Tageszeitungen. Baltasar hatte unterwegs in einer Trafik seine Zigarrenbestände ergänzt, nuckelte an einer Cohiba, schlürfte heißen Kakao und betrachtete sein Innenleben.

Im Prinzip tat er letzteres ungern; die Beschäftigung mit dem Ego hielt seiner Ansicht nach die meisten Menschen davon ab, sich mit dem interessanteren (und größeren) Teil des Kosmos zu befassen. Er ertrug sich nun schon 56 Jahre lang, und je mehr er über sich erfuhr, desto weniger wollte er sich wirklich kennenlernen. Die unter dem Titel *Selbsterforschung* betriebenen Manöver kamen ihm vor wie mindere Formen des Gründelns, vergleichbar der Tätigkeit des Hundes, der den abgelegten Haufen beschnüffelt.

(An dieser Stelle seines Denkens bellte er leise; Hermine streifte ihn mit einem tadelnden Blick und versank wieder in der Zeitungslektüre. Zwei Tische weiter schaute ein dunkelhaariger Mann kurz auf, ohne sonderlich irritiert zu wirken, und las dann weiter. Er trug ein Nessushemd mit Labyrinthmustern; das Buch, das ihn zu fesseln schien, hieß *Morbidezza Borgiana*. Nicht weit von ihm saßen zwei Biertrinker mit Kniebundhosen, Trachtenjacken, Schlapphüten und gespornten Stiefeln; sie hatten einem fetten, schwitzenden Schnauzbart, der das Kainsmal des Piefke auf der Stirn trug, relativ laut relativ blutrünstige Anekdoten aus der Unterwelt von Mogadiscio erzählt. Einer miaute; der andere winkte dem Kellner und rief: »Die Marinekavallerie dürstet!« Matzbach seufzte, schloß die Augen und dachte weiter.)

Inwendige Hundehaufen. Irgend etwas Ekliges, vielleicht längst unter der Bezeichnung *conditio humana* allgemein erfaßt. Er wußte nicht, weshalb er sich die Mühe machte, das Ableben von Albin Czerny zu erforschen; es mochte etwas mit Sentimentalitäten zu tun haben, alte Bekanntschaft... Aber um festzustellen, weshalb er dies tat, hätte er in seinem Inneren wühlen müssen. Kann sein, sagte er sich, daß wir alle innen widerliche Kröten sind, verfertigt aus Glibberplasma und Feigheiten, wechselnden Formen des Versagens, Erinnerungen an Schändliches.

Er betrachtete Hermine, die las und offenbar etwas Amüsantes gefunden hatte, denn sie lächelte. Sollte man einander gelegentlich prügeln? Er war ziemlich sicher, sie zu lieben, und vielleicht hatte er dies sogar im einen oder anderen intimen Moment gesagt; ob sie tief innen auch eine Kröte war, Plasma, Hundescheiße und Unfähigkeiten? In diesem Fall mochte es eine Chance geben für Zukunft oder wie man es nennen sollte; andernfalls, früher oder später –

Komareks Eintreffen bewahrte ihn vor weiteren erfreulichen Gedanken; er schob alles auf Wien und die dort irgendwie eingebaute Morbidität.

»Spät kommt Ihr, doch Ihr kommt«, sagte er.

»Gehen Sie mir weg mit Schiller.« Komarek ließ sich auf den freien dritten Stuhl fallen. Er zog ein mehrfach gefaltetes Blatt Papier aus der Brusttasche des Hemds und schob es Matzbach hin. »Da. Sehen Sie, wie ich für Sie sorge?«

»Ich bin irgendwie unheimlich betroffen, wie Sie sich so voll einbringen, Mann; echt geil.« Er entfaltete das Blatt.

Hermine legte die Zeitung beiseite. »Das ist ja furchtbar«, sagte sie. »Reicht vor jedem halbintelligenten Richter aus für Trennung von Bett und Tisch. Aber mindestens. Zum Glück geht das bei uns ja ohne Behörden.«

Matzbach kicherte, die Augen auf das Blatt geheftet. »Ei, welch niedliche Namen! Wie haben Sie das denn rausgekriegt?«

»Ein paar Telefonate. Jeder kennt doch irgendwen, der irgendwen kennt, der mit wem verwandt ist.«

»*La Bohème*«, sagte Baltasar; dabei verdrehte er die Augen. »Porcmignon. Ich glaub's ja beinahe nicht.«

»Was ist damit?« Hermine streckte die Hand aus.

»Das Haus, in dem Schmollgruber sich zu Lebzeiten der Verlassenschaft hingab.«

Komarek verzog das Gesicht. »Lassen Sie das doch bitte. Warum bildet ihr Piefkes euch immer ein, wenn ihr ein Wort wie Obers oder Paradeiser gelernt habt, könntet ihr schon wie Menschen reden? Ganz zu schweigen von miserablen Wortspielen.«

Hermine gab Matzbach das Blatt zurück. »Und jetzt?«

»Koma weiß es bestimmt schon.«

Der Journalist sagte müde: »Ich kann's mir denken.« Er bestellte etwas, das Matzbach nicht verstand, und sagte, als der Kellner gegangen war: »Es gibt zwei Möglichkeiten. Die schnellere oder die schönere?«

»Die schönere von beiden.«

»Wovon redet ihr?« Dann winkte Hermine ab. »Ach, behaltet es doch am besten für euch; ich will's gar nicht wissen, es sei denn, es ginge mich was an.«

»Ich fürchte, Sie sitzen mit im Boot. Im Wagen, genauer.« Komarek schloß die Augen ein wenig, bis sein Antlitz dem eines schlummernden Warans ähnelte. »Salzburg«, sagte er matt, »Innsbruck, Bregenz, Zürich, Bern, Genf, Mâcon, Beaune, Lormes – so etwa?«

»Die andere Route, via München und so weiter, ist möglicherweise schneller, o Geliebte, aber minder pittoresk.«

Hermine versuchte zu lächeln, als der Kellner kam und Komarek einen gläsernen Humpen hinstellte, in dem gelbe Flüssigkeit mit einer Sahnehaube prangte. »Ich glaube, ich brauche jetzt was zu trinken. Sollte ich das da auch probieren? Was immer es ist?«

»Ein Koma Spezial. Sehr zu empfehlen«, sagte der Kellner, ohne eine Miene zu verziehen.

»Gut. Bitte.«

»Sehr wohl.«

Sie wandte sich Matzbach zu. »Du willst jetzt also, wenn ich das richtig verstanden habe, quer durch die Alpenrepubliken Frankreich ansteuern und Schmollgrubers Villa knacken? Bei, wie heißt das, Porcmignon? Du nicht eben kleines Schweinchen?«

»Just so, Madame. Sagen Sie, mein Lieber – haben Ihre Informanten etwas über aufmerksame Hunde, bissige Nachbarn oder andere Ersprießlichkeiten gesagt?«

Komarek schüttelte den Kopf und trank. Nachdem er sich Sahne von der Oberlippe geleckt hatte, sagte er: »Nichts. Das Haus steht allein, halb im Wald, mit Blick auf einen See. Stausee, wenn ich mich nicht irre.«

»Wasser ist Wasser.«

Der Kellner brachte den zweiten Humpen, stellte ihn Hermine hin und sagte: »Wohl bekomm's.«

Hermine trank, zuerst vorsichtig, dann gründlich. Sie lächelte Komarek an. »Sehr fein. Guter Spezialtrank.«

»Was ist es denn?«

Komarek öffnete schon den Mund, aber Hermine winkte ab. »Wird nicht verraten; probieren darfst du auch nicht. Es sei denn, du erzählst uns, wie dein blödes Labyrinth ausgesehen hat. Da wir gerade in Gedanken bei Frankreich sind.«

Baltasar zuckte mit den Schultern. »So dringend will ich das gar nicht wissen.«

Matzbach erwog, noch am gleichen Nachmittag aufzubrechen. Hermine hatte keine grundsätzlichen Einwände, obwohl sie bisher nicht zu den Lipizzanern vorgedrungen war. Allerdings sagte sie, wenn er denn schon geizig geworden sei, was Hotelzimmer angehe, käme es ihr wie die üppigste Verschwendung vor, nachmittags ein bis zum kommenden Morgen zu bezahlendes Gemach zu verlassen.

»Ich muß noch ein paar Takte telefonieren.« Baltasar setzte sich auf die Bettkante und sah zu Hermine auf. »Ich stelle fest, ich sehe gern zu dir auf.«

»Dann wird es dich nicht kränken, daß ich gern auf dich hinabschaue.« Sie lächelte, beugte sich vor und hauchte ihm etwas wie einen Kuß ins graue Kraushaar.

»Eh«, sagte er.

»Sowieso. Noch was?«

»Willst du dich langweilen, während ich diesen grotesken Anwalt belabere? Oder vielleicht ein schwelgerisches Bad nehmen? Da wir das Zimmer sowieso undsoweiter?«

»Gute Idee. Wie stellst du dir den Rest des Tages vor?«

»Es ist jetzt halb eins. Wenn es uns gelingt, diesen Ort bis drei zu verlassen, könnten wir noch gut fünf Stunden fahren. Was hieltest du von einem Abendmahl in Innsbruck?«

»Verfressenes Kerlchen. Na gut; ich geh ins Wasser. Kannst du dir anrechnen.«

Als sie die Badezimmertür hinter sich geschlossen hatte, rief Matzbach die Kanzlei Arcimboldo Metzler (Dr. iur.) an. Irgendwie war er nicht überrascht, daß er statt einer Sekretärin oder sonstiger Mitarbeiter gleich Metzler selbst am Apparat hatte.

Nach kurzer Begrüßung sagte der Anwalt: »Nun, welche Schändlichkeiten treiben Sie um, Herr?«

»Keinerlei Schändlichkeiten, nur minderwertige Neugier. Haben Sie ein paar Minuten Zeit für mich? Wunderbar; danke. Was mich bewegt ist die Frage, wer eigentlich Valentin alias Poldi Schmollgruber war. Was hat er gemacht, wie kam er an das Haus in Frankreich, hatte er Geld, war er ein mieser Charakter oder ein guter Mensch, derlei.«

Metzler schwieg eine Weile; dabei schien er auf einer

substanzlosen Masse herumzukauen. Jedenfalls klang es so. Schließlich hustete er mehrmals, nachdrücklich.

»Also.« Mehr nicht.

Baltasar hustete ebenso nachdrücklich, wie um zu demonstrieren, daß auch er dieses rhetorischen Verfahrens mächtig sei. »Sie brauchen mir ja keine schmierigen Familiensocken zu übergeben«, sagte er. »Nur, verstehen Sie, ohne ein Minimum an Informationen komme ich nicht weiter. Und was nützliche Informationen sind, weiß ich erst hinterher.«

»Was wollen Sie genau wissen?« Es klang ein wenig gequält.

»Eine Kurzbiographie, zum Beispiel. Eine dumpfe Ahnung hinsichtlich der Ausmaße von Schmollgrubers Verlassenschaft. Wieviel gibt es da für die Damen zum Zanken? Dann der kryptische Verweis von Czerny – alte Kameraden, Besuch im Rheinland, derlei. Und dies düstere ›wenn er sich wehrt und mir was passiert‹, oder wie es hieß.«

Metzler summte; plötzlich sagte er sehr energisch: »Haben Sie was zum Schreiben? Gut. Dann hören Sie zu. Und... ich werde diese Verstöße gegen Diskretion und Datenschutz nicht wiederholen. Mit dem, was ich Ihnen jetzt sage, müssen Sie auskommen, klar?«

Er redete fast eine Viertelstunde lang, zunächst mit Pausen, später immer flüssiger; Matzbach bewunderte die gestochene Diktion samt korrekten Konjunktiven in indirekter Rede, notierte und bedankte sich schließlich artig.

Valentin Schmollgruber, Jahrgang 1921, entstammte einer nicht sehr fortpflanzungswilligen Sippe. Seine um zwei Jahre ältere Schwester hatte relativ spät einen Menschen namens Czerny geheiratet und mit diesem einen Sohn gezeugt: Albin. »*Voilà tout*«, wie Metzler sagte. Eine Schwester, ein Neffe, aber zahllose Freundschaften, die sich in Kaffeehäusern zutrugen. Kein Hagestolz, aber auch keine gefährlichen Liebschaften; Schmollgruber sei irgendwie einfach nicht der Typ gewesen. Er habe ein gutes Gymnasium besucht (Metzler nannte den Namen; da dieser Matzbach nichts sagte, verzichtete er auf Notierung), sei aber eher aus Unlust denn Unfähigkeit nicht zur Matura gelangt – Baltasar notierte *kein Abi*. Zwei Jahre Buchhändlerlehre, dann sammelte ihn das aufgeblähte Vaterland zu den Fahnen; hier folgten etliche knapp skizzierte Kriegsanekdoten, die sich auf den Balkan, Griechenland, ein Lazarett und schließlich Sondereinsätze in Frankreich bezogen. Welcher Art diese Sondereinsätze gewesen seien, habe Poldi bei aller Redseligkeit immer für sich behalten; und Metzler merkte an, es gebe gewisse Vorfälle in der großdeutschen Geschichte, von denen man lieber nichts Genaues wissen wolle, »nicht wahr?« Nach dem Krieg habe Schmollgruber einen kleinen Laden aufgemacht – Numismatik und Philatelie. Im Lauf der Zeit sei das Unternehmen gewachsen, geschrumpft, wieder gewachsen; mit Erreichen eines Zustands der »präsenilen Lethargie«, weniger alters- denn gesundheitsbedingt, habe Schmollgruber das Geschäft verkauft und hinfort mit Genuß privatisiert. Ein guter Mensch, zuverlässiger und hilfsbereiter Freund, diskret, in den letzten Jahren etwas hinfällig; viel mehr sei nicht zu sagen. Und zwar aus zweierlei Gründen: Erstens habe Schmollgruber die Freundschaft nicht bis zur Vertraulichkeit getrieben, die bekanntlich Feindschaften zeuge;

und zweitens tangiere jede weitergehende Information jene Dinge, die durch einen Bannkreis anwaltlichen Schweigens geschützt seien, an welchem Sekanten anzubringen als ungebührlich zu gelten habe. Nein, er wisse weder, woher das *vulgo* Startkapital für die Aufnahme der Geschäftstätigkeit nach dem Kriege gekommen sei, noch in welchem Jahr genau Schmollgruber damit begonnen habe; es könne '47 gewesen sein, aber auch früher oder später; noch seien ihm Extravaganzen wie Freundschaften mit Rheinländern oder anderen Exoten bekannt. Und schon gar keine Ahnung habe er, was mit dem »wenn er sich wehrt« etcetera gemeint sei.

Matzbach sortierte die fliegenden Blätter, auf denen er während des Telefonats Hieroglyphen abgesondert hatte. Im Prinzip, sagte er sich, müsse man wohl davon ausgehen, daß Metzler all jene Kenntnisse, die zu haben er leugnete, durchaus besaß.

»Kein Wiener ist mit einem anderen Wiener befreundet, ohne zu wissen, ob dieser Freunde in Gegenden wie Rheinland oder Neuguinea hat. Es gibt keine Hilfe«, murmelte er.

Langsam faltete er die Zettel zusammen, als ob es ihm bei schnellem Falten an jenen Offenbarungen, zu denen es ohnehin nicht kam, noch intensiver gemangelt hätte. Er schob die Kritzeleien in die Innentasche seiner Wind-und-Wanderjacke; dann stand er auf, ging zur Badezimmertür, klopfte sittsam, öffnete sie einen Spaltweit und sagte:

»Ei, Gespielin, schwimmst du denn auch wonniglich?«

Hermine planschte zur Antwort und murmelte etwas Unverständliches; es klang so, als wolle sie ihm bedeuten, daß weitere Anreden dieser Art sie zum Ertrinken bringen könnten.

»Ich überlegte eben, ob ich dich mangels anderer Handgreiflichkeiten vielleicht kämmen sollte«, sagte er.

»Kämmen?« Sie klang, als ob ihr jemand vorgeschlagen hätte, im Bikini die Antarktis zu durchqueren; barfuß.

»Na ja; oder bürsten.«

»Ha.«

Baltasar schloß die Tür wieder und ging zum Telefon. Nach kurzem Suchen fand er sein Adreßbuch, wählte ein Hotel in Frankreich an und erkundigte sich, ob für den morgigen Donnerstag dort noch ein Bett und ein Tisch zu haben seien. Zu seinem Glück, sagte Monsieur, habe eben ein Gast eine Reservierung abgesagt. Matzbach dankte, bekräftigte seinen Reservierungswunsch und legte auf.

Danach rief er Yü an, der nichts Neues zu berichten hatte, außer Grüßen von Nomey Tshato. Der Ashantifürst, sagte er, sei im Moment des Kochens überdrüssig, stehe aber sozusagen Keule bei Fuß, falls es Bedarf gebe. Yü gab ihm ein paar Nummern, unter denen er und Daniela möglicherweise in den nächsten Tagen erreichbar seien – falls die Vorsicht es ratsam erscheinen lasse, nicht unter bekannten Adressen zu verweilen.

Noch ein Anruf in Bonn, im Büro für allgemeine Desinformation. Morungen wollte eben ein läßliches Mittagessen einnehmen, war aber bereit, vorher noch kurz etwas zu suchen: eine Adresse samt Telefon. Es gebe, sagte er, in Dijon einen alten Kollegen, früher einmal für Radio France Inter unterwegs, der sich mit der Résistance auskenne.

Matzbach rief in Dijon an, erreichte wie durch ein Wunder auch diesen erhofften Gesprächspartner und verabredete sich mit ihm für den Freitag, gegen Mittag. Nachdem er zum letzten Mal aufgelegt hatte, stand er einen Moment reglos, lauschte in sich hinein; dann grinste er breit, zog sich aus und ging ins Bad, diesmal ohne anzuklopfen.

»Sind Sie die Titanic?« sagte er. »Ich bin der Eisberg.«

»Na endlich.« Hermine winkte. »Ich dachte schon, das wird nichts mehr. Du hast aber die Bezeichnungen vertauscht.«

»Inwiefern?«

»Du bist die Titanic; Eisberge haben keinen Bugspriet.«

In Innsbruck folgte einem gründlichen Essen ein erholsamer Schlummer; den ganzen Donnerstag fuhren sie, mit kurzen Pausen, aber ohne unziemliche Hast. Die einzige längere Unterbrechung ergab sich in Zürich, wo Matzbach Hermine das Steuer überließ. Sie drehte Runden in Bahnhofsnähe, während er in die Unterwelt stieg, um Zigarren zu kaufen.

Kurz vor der Stunde des (unterwegs ausgiebig beschwärmten) Abendessens erreichten sie Puligny-Montrachet. Das Mahl begann mit *oeufs en meurette*, wiewohl Baltasar behauptete, keinen Anlaß für verlorene Eier zu sehen; dafür trank Hermine ihm mit dem Bâtard arg demonstrativ zu.

»Wie hattest du diese Aktion genannt?« sagte sie. »Unternehmen Schmusemord?«

»Ohne Unternehmen, aber das können wir ja beifügen; ich danke Euch für die freundliche Ergänzung, Holdeste.«

»Und? Hast du das Gefühl, daß bis jetzt irgendwas bei deinen Irrungen herausgekommen ist?«

»Wachteln auf Weinsauerkraut«, sagte Matzbach. »Zander. Die köstlichen verlorenen Eier nicht zu vergessen. Ein bißchen totes Kalb kommt nachher noch dazu. Ein extrem schräger Anwalt in Wien. Kaffeehäuser. Ferner Zigarren aus Zürich – *There's peace in a Larrañaga, there's calm in a Henry Clay.*«

»Komm mir jetzt nicht mit *And a woman is only a woman, but a good cigar is a Smoke*. Sondern« – sie deutete mit dem Messer auf seine Brust – »gib mir eine anständige Antwort.«

»Ach. Anständig?« Baltasar legte sein Gesicht in grämliche Falten. »Es ist in diesen würdelosen Zeiten nicht tunlich, Anstand walten zu lassen; es brächte dies nur Ungemach über das aschebeladene Haupt des Unholds.«

»Unhold? Ah, der Herr befleißigt sich der Selbsterkenntnis! ›Schwein‹ wäre treffender.«

»Wenn du wüßtest, wie ich mich anrede, wenn ich ganz allein vor meinem inneren Tribunal stehe, quölle dir gar manche Zähre des Mitleids aus den Klüsen.«

Sie lachte. »Du bist unmöglich. Und von deinem Labyrinth magst du immer noch nicht reden?«

»Dann schon lieber von diesem wirren Fall, der vielleicht gar keiner ist.« Matzbach seufzte lustvoll, als der *patron* die nächsten Teller brachte. »Es könnte ja auch sein, daß Czerny zusammengeschlagen wurde, weil der inzwischen verflüchtigte Herr Würselen sexuell die Fronten wechseln wollte. Daß Würselen rein zufällig mehrmals überfahren wurde. Daß Schmollgruber, Poldi alias Valentin, zwar im Krieg zu einer Sondereinheit gehörte, daß es aber eine andere war als die, mit der Elias Jüssen zu tun hatte. Daß beide, rein zufällig, nach dem Krieg schwunghafte Geschäfte aufgenommen haben, ohne daß an den dazu nötigen Mitteln auch nur der geringste Schmutz klebt. Daß niemand etwas über die Herkunft der Mittel weiß, weil sie so unerhört sauber sind, daß es in diesen, wie gesagt, würdelosen Zeiten alle zerschmettern würde, die von soviel Lauterkeit erführen.«

Hermine inspizierte ihren Zander, der in einer köstlich duftenden Sahne-und-Kräuter-Tunke lag. »Im Klartext heißt das, du bist eigentlich ziemlich sicher, daß irgendwer da jede Menge Dreck am Stecken hat.«

Baltasar nickte; mit halbvollem Mund sagte er: »Gut, daß dies Goldfischli nicht mehr zappelt. Sagen wir mal so: Ich vermute, daß Schmollgruber und Jüssen Kriegskameraden bei der gleichen Sondereinheit waren. Anfangs dürften Deutsche und Österreicher in ihren jeweiligen historischen Regimentern gesteckt haben, aber im Lauf der Zeit ist das alles durcheinandergewirbelt worden, und handverlesene Sonderkommandos sind sowieso was Besonderes.«

»Erwartest du sachdienliche Hinweise in diesem Haus bei, wie heißt das, Porcmignon?«

Er hob die Schultern. »Erwarten wäre zuviel – erhoffen. Ich nehme an, daß die beiden Jungs damals irgendwas in Frankreich getan haben, was ihnen hinterher Startkapital für eine lukrative Wirtschaftskarriere beziehungsweise ein Ladengeschäft eingebracht hat. Aber was? Was kann man, als Angehöriger eines mit der Unterwanderung der Résistance befaßten Trupps, in Frankreich tun, um zu Geld zu kommen?«

Sie aßen schweigend, bis sie den Fischgang bewältigt hatten. Dann sagte Hermine zögernd:

»Aber: Wenn Czerny etwas über Jüssen rauskriegt, dann muß das doch eine Art Dreck sein, die auch an den Händen seines Onkels Schmollgruber klebt. Meinst du, in diesem Fall gibt er dem das ganze Material zur Aufbewahrung? Und wenn es was Gravierendes ist, müßte der Onkel es doch auch gewußt haben. Wenn Czerny also mit ihm darüber redet und der Onkel nicht verbissen schweigt, braucht Czerny doch eigentlich nicht weiter zu recherchieren.«

»Weil er alles auf dem Tablett serviert kriegt?« Matzbach wackelte mit den Ohren; die Kellnerin, die die leeren Teller entfernte, kicherte leise. »Vergiß nicht, was Komarek erzählt hat. Eigentlich waren die ja hinter Lanzerath her. Bloß komisch, daß es jede Menge Schmierereien mit EJ gibt, was Elias Jüssen heißen dürfte, aber nichts mit E wie Evergislus L wie Lanzerath.«

»Und von wegen Schmusemord? Nichts gegen den hübschen Begriff, aber findest du alles immer noch so schmusig?«

»Heute nicht mehr.« Matzbach hauchte ihr einen Luftkuß zu. »Es heißt zwar: Nach dem Essen sollst du klettern oder durch die Betten brettern …«

Hermine kicherte. »Heißt es so? Interessant.«

»… aber nach diesem feudalen Mahl wäre hektische Bewegung nicht ratsam.«

»Das hab ich ausnahmsweise mal nicht gemeint.«

»Ach so.« Matzbach tat überrascht. »Doch, ja, ich finde, es ist alles sehr schmusig. Nicht für Würselen oder Czerny, klar; aber wir können uns ja gewissermaßen alles aus wonniger Ferne anschauen, niemand tut uns was Böses, hier jedenfalls. Bonn ist weit, Brenig auch, und wie wir alle wissen, ist Ferne der beste Weichspüler.«

»Ei ja. Weichspüler – Schmusewolle oder so was?« Sie streckte die Hand aus und berührte Matzbachs haarige Pfote. »Kann von mir aus so bleiben, ehrlich gesagt. Die Nummer in Brenig hat mir gereicht. Ich decke meinen *action*-Bedarf lieber im Kino. Aber – wer wehrt sich so, daß Czerny was passiert? Vielleicht doch Jüssen? Vielleicht ist Poldi doch nicht der ganz gute alte Freund?«

Beim Frühstück (nur Brot, Butter, Marmelade – Matzbach nannte es »schändlich«, verglichen mit den abendlichen Genüssen der Küche) erfuhren sie von einem Weinbauern, der ein frühes Glas Aligoté schlürfte, um sich wider den Tag zu festigen, daß seine Frau zum Flohmarkt nach Beaune gefahren sei.

»Die Gnädigste interessiert mich eigentlich kaum«, sagte Baltasar, »aber was hältst du von einem Flohmarkt, bevor wir uns wieder ernsten Dingen widmen?«

Hermine hatte keine Einwände; bei strahlendem Sonnenschein mieden sie die Route Nationale und blieben, solange es ging, auf Nebenstraßen durch Weinfelder und Dörfer.

Auf dem Flohmarkt vergeudeten sie etwa eine Stunde, um von Stand zu Stand zu schlendern, Dinge anzufassen und wegzulegen, hier ein AH und dort ein OH zu sagen und sich schließlich von etlichen Francscheinen zu trennen. Baltasar wurde von Hermine mit dem gräßlichsten Schlips belehnt, den beide je gesehen hatten (ein seidenes Monster in Orange, Ocker, Indigo, Windelgold und Rotzgrün). Zum Trost, um die Tränen zu trocknen, erhielt er einige wunderbar großkarierte Taschentücher mit so scharfen Farbkanten, daß man sich daran die Nase aufschneiden konnte, und ein silbernes Zigarrenetui für die Brusttasche. Er revanchierte sich mit einem Speckstein-Nashorn, das an heftiger Erektion litt, und einem Holzkasten, den Hermine erst im Auto öffnen durfte.

Sie wartete damit, bis sie Beaune verlassen hatten; dann packte sie sich die flache Kiste auf den Schoß. »Na, was ist es denn? Könnte ein Schachspiel sein …«

Dann sagte sie halblaut: »Oh.« Vorsichtig hob sie eines der Objekte heraus, dann ein zweites. Es war ein Satz alter Holzschnitzmesser, sehr scharf, mit Elfenbeingriffen, in die feine und bezaubernd obszöne Figuren geritzt waren, meist paarweise.

»Das ist wunderschön«, sagte sie. »Womit hab ich das verdient?«

»Das ist, weil du mich erträgst.«

Sie legte die linke Hand auf seinen Oberschenkel. »Schau mal. Das ist doch ein guter Vorschlag, oder? Apropos ertragen.« Sie hielt ihm einen der Griffe vor die Augen.

»Weib«, sagte Baltasar, »ich weiß die Anregungen zu schätzen, aber solche Gedanken erschweren das Fahren. Oder andere Formen der Fortbewegung. Nimm die Hand da weg.«

Der freundliche ältere Herr nannte sich Modeste Corgoloin und bewohnte eine weitläufige Altbauwohnung (Matzbach nannte sie bei sich »schwelgerisch«) in der

Nähe des Palasts der Herzöge von Burgund. Er zelebrierte hauchdünnen Tee in hauchdünnen Tassen, und während Hermine am Fenster stand, wo sie bis zu den Knöcheln in einem feisten Teppich versinken und auf einen hübschen Platz schauen konnte, entzückte Matzbach den Résistance-Spezialisten durch Ausrufe des Entzückens ob der zahllosen Lederbände in Nußbaum- und Kirschregalen.

Die Informationen, die Baltasar sich erhofft hatte, wurden schnell und ohne große Sucherei geliefert; Corgoloin sagte, das sei im Prinzip alles zugänglich, sofern man Zugang habe. Er wanderte an den Regalen auf und ab, zog dieses Buch heraus und stellte jenes zurück; dabei erging er sich ausgiebig über die Karriere des Mannes, dessen Namen Matzbach kannte, seit er ein Foto gesehen hatte, auf dem Elias Jüssen vor einem Bücherregal stand.

Armand François Martin du Plessis war von altem Gelde, das die Hemdbrüste gestärkt hatte, unter welchen vermutlich eher rotes denn blaues Blut floß. Die Sippe schien zu keinem Zweig der tausend Du-Plessis-Stämme zu gehören. Industrie (vor allem Eisenbahnbau im 19. Jahrhundert), koloniale Investitionen, billige Aktien (paketweise), die nach Jahrzehnten plötzlich kostbar wurden: Dies und anderes gleicher Art hatte der Sippe zu republikanischem Adel verholfen und den Wohlstand gemehrt, der durch Geschäfte mit der Heeresversorgung im Ersten Kaiserreich begründet und durch rechtzeitige Loyalität gegenüber den heimkehrenden Bourbonen gefestigt worden war. Gerüchte über von einem du Plessis beseitigte Regimentskassen voller Napoléons d'Or tauchten auf und verschwanden, ohne bedeutende Münzmengen zu zeitigen.

Irgendwann kam eine halbe Bank dazu, und die Sippe entwickelte einen Hang zu vorteilhaften Ehen. Diese wieder führten zu vielerlei Latifundien in allen Teilen Frankreichs; und diese Schlösser, Burgen, Landhäuser, Herrensitze machte der im Ersten Weltkrieg dekorierte Armand du Plessis während der deutschen Besetzung beiden zugänglich: den Besatzern und der Résistance.

»Das heißt«, sagte Monsieur Corgoloin, »besetzt wurden die Gebäude ohne sein Zutun, natürlich – als Offiziers- und Stabsquartiere. Nicht alle, aber doch einige. Die übrigen benutzte er selbst, sofern sie nicht Sitz verschiedener Firmen waren, in denen er die Hände hatte. Und die, die er selbst benutzte, standen dem Widerstand zur Verfügung; und über die besetzten Bauten gab es dank alten Personals und in der Nähe wohnender Bauern immer gute Informationen.«

»Was könnte denn einen deutschen Offizier so sehr interessieren, daß er später Bücher über Monsieur du Plessis hortet?«

Corgoloin lächelte. »Das müßte Monsieur Jüssen sein, nicht wahr?«

»Er ist also nicht unbekannt? Ah, ich vergaß, die Republik hat ihn sogar ausgezeichnet.«

»Wegen besonderer Verdienste, ja.«

»Wie sehen die aus?«

»Darüber gibt es widersprüchliche Angaben.« Corgoloin zwinkerte. »Sollten Sie von Monsieur Jüssen mehr erfahren, wäre ich Ihnen für Informationen verbunden.«

Matzbach breitete die Arme aus. »Es wird mir eine Ehre und ein Vergnügen sein... Aber bleiben wir noch einen Moment bei dem, was wir wissen.«

Corgoloin nickte. »Gern. Du Plessis hat in den Gebieten, in denen er unbeaufsichtigt arbeiten konnte, die Résistance koordiniert. Dann wurden seine Verbindungsleute gejagt, gefaßt, hingerichtet, aber irgendwie ist es den Deutschen, pardon, Monsieur, nicht gelungen, du Plessis selbst zu fassen.« Er machte eine kleine Pause, dann sagte er: »Er hat sich nie dazu geäußert, aber man nimmt an – ›man‹ heißt in diesem Fall: die Biographen –, daß Monsieur Jüssen mit seinen glänzenden Französischkenntnissen und seiner alten Liebe zu Frankreich beschlossen hat, die Sondereinheit, der er angehörte, ein wenig … subversiv zu verwenden. Er mag sich gesagt haben, daß der Krieg ohnehin verloren sei. Und, wissen Sie, du Plessis ist dann zu einer Zeit gestorben, als man über bestimmte Dinge noch nicht so offen redete wie heute.«

Matzbach stellte noch einige Fragen, unter anderem zu den alten Liegenschaften der du Plessis; schließlich bedankte er sich herzlich und versprach, alle möglicherweise auftauchenden neuen Informationen sofort an Monsieur Corgoloin weiterzureichen.

»Und nun«, sagte er, als sie das Haus verlassen hatten, »ein halbes Königreich für ein Telefon.«

Hermine prustete. »Pferdeäpfel sind inzwischen seltener. Wer war das, der nie ein Handy anschaffen wollte?«

»Erst, wenn man es mit ä schreibt«, knurrte er, »Friseur mit ö und Restaurant mit ng. Willst du solange Kaffee trinken?«

»Immer und mit Freuden; ich werde dabei versuchen, aus alledem einen roten Faden zu machen.«

Er küßte lautstark ihre rechte Hand. »Wenn es dir gelingt, laß es mich wissen, Edle; ich bin da noch sehr verworren.«

»Wie üblich?«

»Schlimmer.«

Er geleitete sie zu einer Brasserie, wo sie mit mehreren Portionen Grand Crème den Tee zu bekämpfen gedachte. Als er vom nächsten Telefonkiosk von France Télécom zurückkehrte, hatte er einige Dinge zu berichten. Hermine lauschte schweigend und interessiert den komplizierten Dingen, die er unter der Überschrift »zuerst die gute Nachricht« referierte. Der Hacker in Bonn hatte gründlich zugeschlagen; er werde dafür auch eine gründliche Bezahlung haben wollen, vermutete Matzbach düster. Er starrte auf den Zettel, auf dem er einiges notiert hatte, und ratterte Namen und Summen herunter.

»Moment, Moment.« Hermine hob abwehrend die Hände. »Damit kann ich gar nichts anfangen. Kannst du das mal zusammenfassen oder erläutern? Oder beides?«

Matzbach ächzte. »Es läuft darauf hinaus«, sagte er, »daß von den karitativen Ausgaben der letzten Jahre, die wir Jüssen nachsagen, nicht eine von einem uns bekannten Konto überwiesen wurde. Es fanden zu den entsprechenden Zeiten auch keine Barabhebungen statt. Das heißt, alle Spenden und sonstigen milden Gaben Jüssens an wen auch immer sind nicht nachweisbar.«

»Und was ist daran gut?«

»Der zweite Teil. Drei dieser… sagen wir mal einfach Leistungen, ja? Also, drei davon sind von Geschäfts- oder Privatkonten eines Menschen gekommen, der Evergislus heißt.«

»Lanzerath?«

»Genau.«

»Das paßt aber doch überhaupt nicht!«

»O wie allzu wahr. Und die schlechte Nachricht stammt von Yü. Trudi wurde in der Kneipe gekündigt, einfach so, und Zaches ist verschwunden. Machst du dir da einen Reim drauf?«

»Ungern.«

Matzbach bestellte einen heißen Kakao, als endlich eine Kellnerin erschien. »Den brauch ich jetzt, gegen das Dasein«, sagte er. »Lanzerath ist karitativ tätig, was aber Jüssen angerechnet wird. Trudi fliegt, Zaches ist futsch, Komarek meldet sich nicht, der famose Arcimboldo ist unauffindbar.«

»Brauchst du die denn für irgendwas?«

»Zur Vorbereitung der nächsten Schritte. Wir werden also noch eine Etappe einlegen; irgendwie mag ich nicht in den Bergen des Morvan herumkraxeln, ohne vorher zwei oder drei Dinge geklärt zu haben.«

»Etappe wo?«

Plötzlich konnte er wieder grinsen. »Camelot brennt«, sagte er, »der Weg nach Lyonesse ist von Autowracks verstopft, also fahren wir nach Avallon.«

Dort gab es, wie sie am späten Nachmittag feststellten, neben der Kathedrale und sonstigem alten Gemäuer auch ein paar ansprechende Lokale und Hotels. Sie vereinbarten einen Treffpunkt; Hermine wollte sich gemächlich zu diesem hintummeln, und Baltasar begab sich aufs Hotelzimmer, um zu telefonieren.

Komarek, endlich erreichbar (wieder im Erstexil Bregenz), versprach hektische Recherchen und Rückruf irgendwann, vermutlich nachts; nein, Metzler habe er nicht gesehen, bevor er Wien verließ, werde sich aber erkundigen, ob dieser etwas über du Plessis wisse – falls Don Arcimboldo bereit sei, darüber zu sprechen. Yü weste ab, ließ aber durch Dany ausrichten, Zaches sei wieder aufgetaucht und habe berichtet, Lanzeraths Leute führen ungestüm durch die Gegend, meist zu zweit, bewaffnet, mit Benz und länglichen Gesichtern. Über den Grund für Trudis Entlassung könne auch der Zwerg nur spekulieren.

Nachts rief Komarek wie versprochen zurück. Metzler, sagte er, sei übers Wochenende weggefahren, ohne dem gesprächigen Nachbarn zu sagen wohin. Und Unterlagen über jene Transaktionen, von denen Matzbach gern mehr gewußt hätte, seien so schnell nicht zu beschaffen – nächste Woche, vielleicht, oder nächstes Jahr.

Am Samstag fuhren sie von Avallon aus ohne Eile nach Süden, mit diversen Schlenkern. Irgendwo nördlich von Lormes übersahen sie vermutlich ein Straßenschild; plötzlich passierten sie die Hinweistafeln, auf denen die Städtepartnerschaften der Stadt zu lesen waren. Baltasar ließ einen Moment das Steuer los und klatschte.

»Was ist los?« sagte Hermine. »Daß du dich verfahren hast, ist doch kein Grund für Applaus. Porcmignon ist weiter östlich.«

»Wohl, wohl; aber das Schicksal beschert mir dafür eine Freude.«

»Bitte?«

»Die Partnerschaften«, sagte er. »L'orme ist die Ulme,

und Lormes ist mit Ulmen in der Eifel liiert; da haben sich ausnahmsweise mal ein paar Leute was gedacht. Und fremder Leuts Dunk rührt mich bisweilen zu Tränen der Begeisterung.«

Als sie den Ort wieder verlassen hatten, diesmal auf der richtigen Straße, sagte Hermine versonnen:

»Lorme, ohne s am Ende und ohne Apostroph... Da war doch was, oder?«

»Ah.« Baltasar grinste. »Eine jener Lehnbezeichnungen für die Taschenguillotine, mit der ich Zigarren köpfe. Wieso?«

»Wo kommt das denn her?«

»Ungefähr von hier. Gab's aber auch schon in der Antike. Ich glaube, der große Skylax, der für den Perserkönig Dareios Landkarten angelegt hat, hatte so was schon.«

»Abermals: bitte?«

Die Lorme, führte Matzbach aus, sei ein Gerät aus zwei Hartholzwalzen mit löffelartigen, hochscharfen Schneiden am vorderen Ende; hinten befinde sich eine sogenannte Zwitterkurbel, die für gegenläufige Rotation der Walzen sorge. Damit habe man in früheren Zeiten allzu lautstarke Troubadoure entkernt.

»Gah«, sagte Hermine; sie kicherte. »Und weiter?«

»Die Dinger wurden natürlich exportiert, zum Beispiel nach Arabien, wo immer Bedarf an so etwas herrschte. Man findet heute noch manchmal eine Lorme im Sand von Oman; und da es dort unten kaum Holz gibt, von Hartholz ganz zu schweigen, sind die Dinger nicht nur technische Antiquitäten, sondern natürlich höchst kuriose und begehrte Artefakte. Es wird überliefert, daß Skylax eine Lorme benutzte, um seine Papyrusrollen zu beschweren; ich wette, der eine oder andere Eunuch, der an dem Tisch vorbeikam, hat bei diesem Anblick leise geseufzt.«

Hermine seufzte leise.

Um Porcmignon zu erreichen, mußten sie die Hauptstraße (Lormes – Brassy) verlassen und ein paar Minuten nach Norden fahren. Ein Stückchen östlich des Orts, den sie haltlos durchquerten, ohne kleine Schweine oder andere fesselnde Dinge zu sehen, ging links eine Nebenstraße ab, die sich nach wenigen Metern in drei engere, asphaltierte Straßen spaltete. Jede von ihnen mochte zu dem bewaldeten Hang oberhalb des Sees führen, wo Schmollgrubers Haus zu finden sein sollte. Matzbach knurrte leise und kehrte zurück zur Hauptstraße nach Osten. Ein Schild kündigte eine Tankstelle samt *Routiers*-Restaurant an. Es sei zwar schon fast zwei Uhr, ein wenig spät, aber vielleicht finde man dort neben Auskünften auch noch etwas zu essen.

»Ach, das war dein Magen?« sagte Hermine. »Ich dachte, es wären Lormensplitter im Getriebe.«

Nach dem durchaus befriedigenden Mahl bat Baltasar den Kellner um Auskünfte; dieser erklärte sich für unzuständig und holte den *patron* herbei.

»Da gibt es einiges an Häusern«, sagte der Wirt; »wissen Sie, wie es heißt?«

»*La Bohème.*«

»Ah. Ein altes Jagdhaus, aus der Zeit, als hier noch gejagt wurde.«

»Wissen Sie, wem es früher gehört hat?«

»Einer älteren Sippe, du Plessis. Also, da nehmen Sie

den mittleren der drei Wege, durch den Wald und an allen Häusern vorbei. Nach einem kleinen Transformatorenhäuschen kommt noch mal Wald, dann eine Lichtung und rechts ein großer Holzstoß oberhalb einer Schneise, mit Blick auf den See und das andere Ufer. Links, hinter oder zwischen Büschen, ein bißchen weg von der Straße, sehen Sie dann *La Bohème*.«

»Ich bin entzückt, Monsieur«, sagte Matzbach. »Darf ich mich für die kundige Beratung revanchieren? Ein Kaffee vielleicht, ein Marc oder derlei?«

Der Wirt sah sich um; der Speiseraum war inzwischen fast leer. »Ah, warum nicht? Beides, danke.« Er winkte dem Kellner und ließ sich nieder.

Sie plauderten eine Weile über Wetter, Gegend und andere Unthemen; dann beugte sich der *patron* vor und sagte:

»Es mag Ihnen neugierig erscheinen, aber findet da etwas statt? Heute haben sich schon zweimal Leute nach *La Bohème* erkundigt.«

»Wir sind eingeladen.« Matzbach hob die Schultern. »Ich weiß nicht, wer außer uns noch da sein wird. Wer waren denn die Ratsuchenden? Vielleicht kenne ich ja jemanden.«

»Zuerst zwei Herren«, sagte der Wirt. »Sie haben hier gefrühstückt, offenbar nach einer Nachtfahrt; dann, ein wenig später, ein einzelner älterer Herr. Die zwei kannten sich gar nicht aus; der Ältere scheint schon einmal dort gewesen zu sein, wollte sich nur versichern, daß er sich richtig erinnert.«

»Des boches?«

»Ts ts ts. So was sagt man doch heute nicht mehr, Monsieur. *Des allemands*. Schrecklicher Akzent, die ersten. Jäger, nehme ich an.« Er zwinkerte. »Und Sie, Madame, Monsieur? Sie kommen aus der Touraine, nicht wahr?«

Hermine blinzelte schnell; Baltasar strahlte. »Danke für das nette Kompliment, aber auch wir gehören jenem Stamm an, der Heine und Hitler hervorgebracht hat.«

Der *patron* breitete die Arme aus; er lächelte. »Ah, man kann sich seine Ahnen nicht aussuchen, nicht wahr?«

»Sie haben nicht zufällig die Wagen gesehen?«

»Doch, Monsieur. Ich bin beide Male mit hinausgegangen, um besser gestikulieren zu können, was die Straße angeht. Die zwei Herren hatten einen Mercedes; das Kennzeichen begann mit K. Und der ältere Herr fuhr einen Peugeot aus dem Département Côte d'Or – einundzwanzig. Vermutlich ein Leihwagen aus Dijon.«

Als sie wieder im Wagen saßen, murmelte Hermine: »Touraine, was?« Dann sagte sie: »Und? Kannst du damit was anfangen?«

»Es mißfällt mir.« Baltasar steckte den Schlüssel ins Zündschloß, startete aber noch nicht. »Ein Bonner BMW im Morvan, das mag angehen, aber ein Kölner Mercedes? Ungebührlich, ausgesprochen unartig.«

»Meinst du, das ist Jüssen?«

»Kaum. Der würde seine Leute nicht zu Schmollgrubers Haus schicken – oder doch? Hmf. Ich tippe eher auf Lanzeraths Leute. Vermutlich die, die wir schon kennen. Oder auch nicht; er hat bestimmt genug Hooligans. Die Sorte mit Waffen, Benz und länglichen Gesichtern.«

»Aber was wollen die hier?«

»Das ist es ja. Czerny ist schon eine Weile tot, Schmollgruber auch. Was immer Lanzerath oder seinen Leibwächtern quer im Hals steckt, muß jüngeren Datums sein. Sonst würden sie nicht ausgerechnet jetzt ausgerechnet *La Bohème* heimsuchen.«

Hermine nickte langsam. »Meinst du, Zaches oder Yü ist inzwischen doch was passiert?«

»Vielleicht haben sie nur in ein Fettnäpfchen voller Wespen gepustet.« Er startete den Motor und fuhr zur Straße.

»O Mann, deine Metaphern oder was immer das sein soll. Redet man so in der Touraine?«

»Seit Balzac nicht mehr.« Er schnaubte, bog nach rechts und beschleunigte.

»Was willst du denn da? Wir müssen doch zurück.«

»Ich will mal sehen, ob es eine Möglichkeit gibt, vom anderen Seeufer aus das Gelände um *La Bohème* zu inspizieren. Und den Abend abwarten. Harmlose Geschäftsleute aus Köln freuen sich über Abendgäste, und Kölner Hooligans sehen im Dunkel nicht so gut.«

Hermine schwieg einen Moment. »Und dann?« sagte sie schließlich.

»Mach mal das Handschuhfach auf, Holdeste.«

Sie tat es; dann sagte sie: »Aha.«

Zwischen Papieren und allerlei Krimskrams lag eine Pistole.

»Gute alte Browning«, knurrte Baltasar. »Könnte sein, daß sie für abendliche Annäherungsversuche das sicherste Kondom ist. Der *patron* sagte was von Jägern.«

»Soll heißen, er hat bei ihnen Waffen gesehen?«

»Und gezwinkert. Vielleicht sind es kleine Waffen. Handwaffen, für Handjäger.«

Hermine klappte das Fach wieder zu. »Und jetzt willst du ein Hotel suchen, um mich da zu deponieren?«

»Trefflich getroffen, Liebste.«

»Nix da.«

»Wie belieben?«

»Nix da.« Sie klang sehr energisch und sehr entschlossen. »Bei deiner letzten Nummer durfte ich parat stehen und chauffieren; da hattest du aber genug anderen Geleitschutz. Yü und Zaches und am Schluß sogar die Polizei. Diesmal...«

»Keine Polizei; was soll ich den Gendarmen hier denn sagen?«

»Eben. Diesmal bin ich dabei.« Dann gluckste sie; mit dem Daumen wies sie auf die Rückbank, wo der flache Kasten mit den Schnitzmessern lag. »Ich kann mich ja wappnen; du weißt, ich werfe ganz gut.«

Baltasar schwieg mindestens drei Atemzüge lang; dann sagte er: »Das wird aber ein bißchen ungemütlich.«

»Und? Was soll ich hinterher mit deinem Wagen allein im Morvan?«

»Zurück nach Bonn fahren und die Augen aufhalten. Was Besseres als mich findest du immer.«

Sie stöhnte. »O Matzbach, was Brauchbares hab ich doch lang genug gesucht. Die verstecken sich vor mir, nehme ich an, und an dich hab ich mich einigermaßen gewöhnt.«

Er nahm ihre linke Hand und führte sie an seine Lippen.

»Schmatz nicht so«, sagte sie; dabei streichelte sie seine Finger.

»Ich fürchte, ich bin gerade dabei, mich in dich zu verlieben«, murmelte er. »Passender Zeitpunkt, oder? Und das in meinem Alter.«

»O Gott, Agathe. – Und? Was machen wir bis zum Abend?« Sie hielt immer noch seine Hand.

»Ein kleiner Waldspaziergang vielleicht? Im Kofferraum ist eine Pferdedecke.« Er gluckste. »Du könntest ja eins deiner neuen Messerchen mitnehmen; das mit dem besonders anregenden Griff.«

»Waldspaziergang mit Pferdedecke? *Mon dieu*, ja, warum nicht? Aber – sollen Helden nicht jungfräulich in die Schlacht ziehen?«

»Käme für uns beide ein bißchen spät, oder?«

»Wie man's nimmt. Was kommt zuerst – beobachten oder Pferdedecke?«

Baltasar überlegte. »Pferdedecke«, sagte er dann. »Danach einkaufen. Zwei oder drei hilfreiche Dinge, zum Beispiel ein Fernglas. Und, eh, beobachten könnte länger dauern.«

»Eile?«

»Immer – bei Ihnen, Werteste.«

8. Kapitel

> Eine heitre Abschiedsstunde!
> Süßen Schlaf im Leichentuch!
> Brüder – einen sanften Spruch
> Aus des Totenrichters Munde!
>
> FRIEDRICH SCHILLER

Vom Ostufer des Sees hatten sie mit Hilfe des teuren französischen Fernglases zwei große stämmige Männer bei dem Haus gesehen. Männer, die sie kannten, die sie lieber nicht in Brenig gesehen hätten, die sie ungern wiedersahen und die sich so hielten, als ob es unter Umständen besser wäre, sie nicht zu kennen. Der andere, ältere Herr, von dem der *patron* gesprochen, hatte sich nicht blicken lassen.

Kurz vor Sonnenuntergang gingen sie einen schmalen Waldweg entlang. Der Wanderkarte zufolge, die sie mit einigen anderen Dingen in Lormes erstanden hatten, lief der Pfad über die höchsten Punkte des Berghangs zu einem kurvenreichen und vermutlich steilen Ende am See. Etwa zweihundert Meter oberhalb von Schmollgrubers Haus fanden sie einen Wildwechsel oder Trampelpfad.

Der sanfte Abendwind überdeckte einen Teil der Geräusche durch raschelndes Laub; Matzbach sagte sich, daß es immerhin ausreichen sollte, ihn und Hermine nicht wie eine besorgniserregende Elefantenherde klingen zu lassen. Hin und wieder fluchten sie flüsternd, wenn Brombeerranken sie liebevoll umfingen, geheime Erdlöcher einen Fuß nicht wieder hergeben wollten oder Zweige die Jutetasche festhielten, die von Baltasars rechter Schulter baumelte. Die teils gekauften, teils aus dem Wagen mitgenommenen Werkzeuge und Behälter darin waren sorgsam eingewickelt, so daß sie nicht klirrten.

»Übrigens siehst du absurd aus, mit diesem Schlips«, sagte Hermine irgendwann, als Matzbach sich tänzelnd aus der Umgarnung durch Schlingpflanzen löste und ihr dabei seine Vorderansicht bot. Er hatte das scheußliche Geschenk mit einem perfekten Windsor-Knoten um den nackten Hals gebunden; die Krawatte reichte auf dem lachsfarbenen Polohemd abwärts bis zum Nabel und beteiligte sich an Gehakel und Verstrickerei.

Es war fast dunkel, als sie den Waldrand hinter dem Haus erreichten. Zwischen ihnen und *La Bohème* standen, von der unterhalb verlaufenden Straße aus nicht zu sehen, ein schwarzer Mercedes und ein beiger Peugeot.

»Kein Licht im Haus«, flüsterte Hermine. »Ob die einen Spaziergang machen?«

»Ich nehme eher an, die sitzen da und warten auf uns.«

»Und jetzt?«

»Weißt du was?«

Sie ächzte leise. »Wer ist denn hier der Indianer?«

»Na gut. Laß mich mal kurz denken.«

Das Haus war quadratisch, etwa achtmal acht Meter im Grundriß; es mochte wirklich ein Jagdsitz gewesen sein und sah deutlich älter aus als die Ferien- oder Wochenendhäuschen in diesem weitläufigen Hangwald. An der zum See blickenden Ostseite und nach Süden umgab eine überdachte Holzveranda das Erdgeschoß. Der Eingang – ein Portal mit windabweisender Verglasung vor der eigentlichen Tür – lag nach Norden; dort war wohl auch der gewöhnliche Parkplatz, und dort gab es Abfallbehälter und saubere Stapel Kaminholz. Die Rückseite am Waldrand war blind bis auf drei kleine, relativ hoch angebrachte Fenster; Matzbach nahm an, daß es sich um Toilette, Bad und vielleicht eine Art Küchenabzug handelte. Wahrscheinlich gab es mehrere Türen zur Veranda; das war aber im Restlicht und von seiner Position aus nicht zu sehen. Die obere Etage enthielt wohl etliche Schlafzimmer; nach hinten schauten drei große Fenster.

Matzbach kalkulierte die Möglichkeiten und Unmöglichkeiten. Drei Männer; zwei aus Köln und der einzelne ältere Herr mit dem Peugeot. Wenn sie zusammengehörten, mußte er mit drei im Dunkeln wartenden Gegnern rechnen, im Zweifelsfall sämtlich bewaffnet. Wenn er Glück hatte, gehörte der Ältere nicht dazu, saß gefesselt auf einem Küchenstuhl, lag tot in der Badewanne oder hing an einem Dachbalken. Er beschloß, vorsichtshalber von drei Finsterlingen auszugehen. Ferner mußte er annehmen, daß sie nicht alle nebeneinander hockten und Däumchen drehten, sondern sich irgendwie strategisch verteilt hatten. Wie konnte man es anstellen, daß sie sich zusammenrotteten und ein paar Fehler machten?

Er erwog dies, verwarf die ersten vier oder fünf Einfälle als untauglich, betrachtete wieder das Haus, in dem kein Licht brannte, die im halb verstrüppten Hinterhof geparkten Wagen, bedachte die Entfernung zu den nächsten Häusern – mindestens ein Kilometer – und die Nacht. Dann schnalzte er leise.

»Ist dir etwa was eingefallen?« flüsterte Hermine.

»Könnte man so sehen. Vielleicht klappt es sogar.«

»Aha. Und wenn nicht?«

»Haben wir ein bißchen Pech gehabt, was?«

»Tröstlich, kann ich mir dann ja ins Innenohr flüstern.« Sie zögerte einen Moment, dann berührte sie seinen Arm. »Und wenn das da drin nette Menschen sind, die ganz einfach nur auf uns warten, um uns zu helfen?«

Baltasar schnaubte leise. »Das Risiko ist so gering, das gehe ich gern ein. Nette Menschen? Die sind arg selten und schleppen meistens keine Schußwaffen herum.«

»Hab ich dir schon mal gesagt, daß du unmöglich bist? Wie komme ich dazu, in einem französischen Wald zu stehen und aktiv bei Landfriedensbruch, Sachbeschädigung und anderen Dingen mitzumachen?«

»Muß was damit zu tun haben, daß du mich trotz allem leiden kannst.«

Sie kicherte kaum hörbar. »Dann los.«

»Leise pfeifen, wenn du was siehst, ja?«

Hermine gab ihm einen leichten Schubs; Matzbach ging erstaunlich leise ein paar Schritte näher zu den Autos und fummelte dabei in der Jutetasche. Dann kniete er sich zwischen zwei Büsche, nur wenige Meter von dem Mercedes entfernt.

Er atmete lautlos auf, als er endlich den Schlips ausziehen konnte. Mit einer Nagelschere zerstörte er das Produkt irgendeines geschmacklosen oder bizarren Seidenwebers, bis er zwei Tuchstreifen hatte. Als nächstes kam die Plastikflasche an die Reihe; sie hatte Wasser enthalten, war aber nun gefüllt mit Benzin aus dem Reservekanister des BMW.

Baltasar nahm sich Zeit; ›lieber‹, dachte er, ›fünf Minuten zu still als eine Sekunde zu laut.‹ Er tränkte beide Schlipsstreifen mit Benzin; dann holte er den Drillbohrer aus der Jutetasche und kroch zum Kölner Benz.

Plötzlich hätte er beinahe laut gelacht. Irgendwie war ihm nie der Gedanke gekommen, Lanzeraths Leute könnten einen Diesel-Benz fahren. Es war ein Benziner; aber ›wie leicht scheitern die dümmsten Pläne an etwas noch Dümmerem‹, dachte er.

Nach etwa fünf Minuten gab er den Versuch auf, ein Loch in den Tank zu bohren. Damit blieb die zweite von drei Möglichkeiten – oder doch lieber die dritte?

Er zögerte nur kurz. Nach Lage der Dinge ... Nummer drei würde ein wenig lauter werden, aber vermutlich ließ sich Lärm am Ende ohnehin nicht vermeiden.

Er kroch zurück zu Hermine und teilte ihr mit, was er nun zu tun beabsichtigte. Sie klackte mehrmals mit der Zunge; schließlich flüsterte sie:

»Na schön, wenn du meinst ... Da drüben ist alles still. Ich bilde mir aber ein, vorhin mal kurz Stimmen aus dem Haus gehört zu haben.«

»Sollte uns freuen, wenn jemand drin wäre, oder? Am Ende machen wir hier alles ganz umsonst, und die edlen Herrschaften kommen ebenso überraschend wie überrascht von einem frühen Nachtspaziergang zurück.«

»Laber nicht. Geh arbeiten, Junge.«

»Ganz zu Diensten, Madame.« Er kroch wieder auf die verstrüppte Parkfläche hinter dem Haus und begann, langsam, einzeln, nach und nach Zweige und Blätter neben und halb unter den Benz zu schichten. Als er mit dem Arrangement zufrieden war, nahm er die Flasche und schlich zum nächsten der Stapel säuberlich behauenen Kaminholzes. Dabei blieb er, so gut es ging, unsichtbar hinter Büschen und Wagen. Falls vom Haus aus doch jemand periodisch die Rückseite oder den Eingangsbereich beobachtete.

Als er fertig war, ging er zu Hermine zurück und blickte auf das Leuchtzifferblatt seiner Uhr. »Zwanzig vor elf«, murmelte er. »Zu früh für die Geisterstunde, zu spät für einen Cocktail. Nun ja.«

»Sorgst du dich um die Etikette?«

»Wenig, nur ein kleines Weniges beziehungsweise bißchen. Ich stelle mir vor, daß da drin zwei bis drei Leute aufmerksam warten, überzeugt davon, daß eigentlich bald jemand auftauchen müßte.«

»Wieso eigentlich?«

Er lauschte; sie stand kaum einen halben Meter neben ihm, und er war ziemlich sicher, so etwas wie ein leichtes Zähneklappern gehört zu haben. Er beschloß, das Klappern ebenso taktvoll zu ignorieren wie die Tatsache, daß sie diese Frage längst erörtert hatten. ›Bekräftigung‹, dachte er. ›Stärkung der Seele. Festigung der Wangenmuskeln. Wie heißt es im I Ging? Es gibt ein Ding zwischen den Mundwinkeln, das nennt sich Das Durchbeißen. Offenbar hat Hermine Beißprobleme.‹ Dann seufzte er unhörbar; ihm war auch nicht viel wohler.

»Wenn die nicht mit irgendwem rechneten, hätten sie

die Wagen nicht so im Gestrüpp geparkt, daß man sie von der Straße aus nicht sieht.«

»Aber mit wem rechnen die denn?«

Das Zähneklappern wurde ein bißchen lauter, als er nicht gleich antwortete.

»Entweder ganz allgemein«, flüsterte er, »oder sie haben irgendwas aus Wien gehört. Wenn Schmollgruber ein alter Freund von Jüssen war und dieser eminente Anwalt Metzler ein Freund von Schmollgruber, könnte es sein, daß er Jüssen alarmiert hat. Von wegen, ein ungebärdiger Matzbach in bezaubernder Begleitung ist unterwegs nach Frankreich.«

»Weiß der doch aber nicht.«

»Weiß er nicht, wird er sich aber denken, denk ich mir. Und Jüssen, der ein mittelgroßes Château im Chablis hat, nicht so weit von hier, sagt zu Lanzerath, schick mal jemanden zum Nachsehen los, man weiß ja nie, welches Haus gemeint ist. Oder sie warten auf sonstwen, der sich bisher nicht einstellen mochte. Oder sie haben Zaches oder Yü doch noch geschnappt und beschlossen, für alle Fälle herzufahren und belastendes Material zu vernichten. Wie auch immer: Es ist viertel vor elf.«

Sie legte ihm die flache Hand auf die Brust. »Danke für beruhigendes Reden. Küß mich.«

»Euer gehorsamer Diener, Madame.«

Etwa eine halbe Minute später flüsterte sie: »Leichenhäuser sind ja koedukativ, aber nicht mal in Frankreich gibt's nen gemischten Knast. Mach los.«

Matzbach knurrte leise. Gebückt schlich er zum Benz, duckte sich, träufelte ein paar Tropfen Benzin auf das Arrangement von Blättern und Zweigen, richtete sich auf, ging langsam, unter Zurücklassung einer dünnen Benzinspur, zu einem aufrechten aber toten Baum, der von trockenem Unterholz umgeben war, legte die immer noch mehr als halbvolle Flasche hinein. Zurück zum Wagen.

Bei alledem bemühte er sich, keinen Lärm zu machen, und etwas in seinem Hinterkopf dachte unausgesetzt an trockene Äste oder von mißtrauischen Menschen vorsichtshalber ausgelegte Knallerbsen. Der Wind ging inzwischen stärker und sorgte für erheblich mehr Nebengeräusche; trotzdem kam es ihm wie ein Wunder vor, daß nicht längst jemand mit Gebrüll aus dem Haus aufgetaucht war, um nach dem Rechten zu sehen. Oder nach dem Unrechten.

Zwei Schlipsstreifen. Das Feuerzeug. Die Browning.

Hermine nahm den ersten Streifen, nahm das Feuerzeug, murmelte eine Art blasphemischen Stoßgebets und zündete den Halbschlips an. Sie warf ihn in Richtung Kaminholz. Die von Baltasar hinterlassenen Benzinspritzer erwachten zu kurzem knatternden Leben; die ersten Flammen leckten sich den Holzstapel hinauf.

Der zweite Streifen. Hermine wandte sich halb zur Seite, als Matzbach feuerte. Die Entladung der Waffe dröhnte betäubend durch die stille Nacht; er sagte sich, daß man das mindestens bis Paris hören mußte.

Aus dem leckgeschossenen Tank mußte es jetzt zu tröpfeln beginnen. Kaum zwei Sekunden nach dem Schuß hatte Hermine den brennenden Teilschlips neben den Wagen geworfen und sich rücklings zwischen die Büsche fallen lassen, während Baltasar, die Browning in der Hand, nach rechts huschte, wo er das Portal noch und die Veranda schon sehen konnte.

Die Lohe neben dem Wagen breitete sich aus, schlug hoch, umgab aber noch nicht die gesamte Kabine. Es mochte ein paar Sekunden dauern, bis aus dem lecken Tank auf den Waldboden rieselndes Benzin das Feuer erreichte. Eine dünne Flammenspur fraß sich über den Boden hin zum Gesträuch um den toten Baum, wo die halbvolle Flasche lag und gleich hochgehen mußte. Am Portal bewegte sich etwas; Matzbach sah links von sich ein metallisches Glitzern, nahm an, daß es Licht auf der Klinge eines wurfbereiten Schnitzmessers in Hermines Hand war, registrierte aus den Augenwinkeln eine Bewegung auf der Veranda, wandte den Kopf, sah im Flackerlicht einen großen stämmigen Mann, der eine Waffe in der Rechten hielt und »Was zum Teufel…« schrie. Kaum zwei Meter entfernt; Baltasar schoß zweimal, auf die rechte Hand und das rechte Knie, sah die Waffe davonfliegen und den Mann zusammenbrechen; dabei stieß er ein hohes Jaulen aus. Vorn, am Portal, rief jemand etwas Unverständliches, dann fielen dort drei Schüsse. Matzbach sah ein Blinken in der Luft, hörte einen dumpfen Laut und ließ sich fallen, als der Tank des brennenden Wagens hochging.

Er robbte dorthin, wo sich der Angeschossene krümmte; im Widerschein kam es ihm so vor, als ob der Mann tastend nach der Waffe suchte, die nicht weit entfernt sein konnte. Baltasar faßte seine Browning am Lauf, griff nach dem Kragen des Liegenden und schlug ihm den Kolben der Pistole an die Schläfe.

Als er sicher war, daß der Mann eine Weile außer Gefecht sein würde, kroch er rücklings zwischen einigen Büschen, die noch nicht Feuer gefangen hatten, dorthin, wo er Hermine vermutete.

Sie kauerte, wo er sie verlassen hatte; im Licht des um sich greifenden Feuers wirkte sie blaß. Eine Hand tastete auf dem Boden herum, die andere lag an der Kehle.

»Was …« sagte er.

Sie würgte etwas Unverständliches hervor, schluckte, hustete und sagte mit leiser, berstender Stimme: »Der andere Mann … liegt vorn. Ich …« Sie brach ab, würgte erneut.

Matzbach legte ihr die Hand auf die Schulter, drückte kurz und lief dann gebückt nach links. Die Flammenspur zwischen dem Mercedes und dem Wald war erloschen; der morsche Baum und das umgebende Gesträuch loderten, wie der Rest des Wagens und der Stapel Kaminholz neben dem Eingang. Immer noch geduckt näherte Baltasar sich dem Portal.

Der zweite Mann lag nicht weit von den Stufen entfernt auf dem Rücken, in einer dunklen Lache, neben der linken Hand die Pistole. Hermines Schnitzmesser steckte in seiner Kehle. Matzbach stieß ihn mit dem Fuß an; dann bückte er sich, zog das Messer heraus, wischte es an der Jacke des Toten ab und steckte es ein.

Fünf Minuten noch, sagte er sich, vielleicht zehn. Die Schüsse und die Detonation des Tanks mochten von den fernen Nachbarn für nächtliche Scherze durchgeknallter Hobbyjäger gehalten werden, weit vor dem Ende der Schonzeit; aber irgendwer am anderen Ufer des Sees, wo Dutzende Häuser standen, würde das Feuer sehen und zum Telefon greifen.

Er lief zurück zu Hermine, schob die Browning in eine Jackentasche, bückte sich nach dem Jutebeutel und ergriff Hermines Arm.

»Auf die Beine, Heroine«, sagte er halblaut. »Wir haben noch was zu erledigen.«

Sie hielt sich einen Moment an ihm fest, riß sich dann förmlich los und atmete tief durch. »Ist er...« sagte sie, mit einer ruckartigen Kinnbewegung zum Haus hin.

»Gut getroffen. Ich hab dein Messer. Komm, wir müssen rein.«

Sie schüttelte den Kopf. »Gib mir das Messer. Ich bleib hier.«

»Wir haben nicht viel Zeit, um nach dem Dritten und möglichen Papieren zu suchen. Allein schaff ich das nicht.«

»Gah.« Hermine schüttelte sich; ihre Hand krampfte sich um den Griff, als er ihr das Schnitzmesser reichte. »Wenn es denn sein muß...«

Die Scheibe eines Fensters rechts über dem brennenden Holzstapel platzte, als sie zur Haustür kamen. Hermine blickte angestrengt in eine Richtung, wo der Tote nicht lag. Aber vermutlich, sagte sich Matzbach, würde er für sie überall liegen. Er riß sich zusammen, schob alle derartigen Gedanken beiseite und stieß die Glastür auf.

Drei Schritte bis zur eigentlichen Haustür, die angelehnt war. Er lauschte angestrengt, wartete auf das ferne Heulen von Feuerwehrsirenen, auf Geräusche innerhalb des Hauses, hörte aber nur das Knistern und Knacken des Feuers, das längst begonnen hatte, am Haus zu lecken.

Es war nicht nötig, Licht zu machen; durch die Fenster

kam genug Helligkeit. In der Diele gab es nichts Wichtiges zu sehen; Matzbach fühlte eher, als daß er hörte, wie Hermine ihm durch die ebenfalls angelehnte Tür in den großen Wohnraum folgte.

Auf dem Eßtisch lag ein handdicker Papierstapel. Schränke, Truhen, Vitrinen und Kommoden standen offen, vor ihnen lagen Bücher, Geschirr, Kleidungsstücke auf dem Boden. Alles schien gründlich und ohne jede Rücksichtnahme durchsucht, durchwühlt, zertrampelt zu sein.

Die Browning in der Hand durchsuchte Matzbach das Haus. Als er den dritten Mann fand, zögerte er kurz, dann rief er Hermine zu sich, ins Badezimmer.

»Damit du siehst, wen du gekehlt hast«, sagte er absichtlich grob. »Sonst hätte ich es dir erspart.«

Sie trat langsam neben ihn, schaute hinab, hob die Hände an den Hals, wandte sich um und stolperte hinaus.

Arcimboldo Metzler lag nackt in der Badewanne, das Gesicht nach links gedreht. Arme und Hände waren unter dem Rücken, wahrscheinlich gebunden. Eine dünne Schnur hatte sich in seinen Hals gefressen; die Zunge war ein Klumpen im linken Mundwinkel, der Körper übersät mit Schnitt- und Brandwunden.

Sie hatten bereits den größten Teil des vom Feuer unzureichend erhellten Wildwechsels hinter sich, als sie in der Ferne erste Sirenen hörten. Matzbach hielt die mit Papieren gefüllte Jutetasche vor sich, schirmte das Gesicht gegen dornige Zweige ab, brach für Hermine eine Bahn durchs Gestrüpp. Auf dem kleinen Wanderweg blieben sie einen Moment stehen, um nach Luft zu schnappen.

»Was ist mit dem anderen?« sagte sie; abgesehen vom Keuchen klang ihre Stimme fast normal.

»Bewußtlos, leicht verwundet; den werden die gleich finden. Komm, wir müssen uns beeilen.«

Sie brauchten eine Viertelstunde, um den Wagen zu erreichen. Matzbach warf die Tasche in den Kofferraum, schloß die Beifahrertür auf und wartete, bis Hermine eingestiegen war. Ein Blick auf die Armbanduhr. Zehn nach zwölf. Er ging zur Fahrerseite.

»Nächster Halt irgendwo«, sagte er. »Anschnallen.«

Hermine hatte sich bereits angeschnallt; sie warf ihm einen Blick zu, der aus verstörten Augen zu kommen schien. »Ich hasse dich«, sagte sie leise.

»Weil ich dich nicht in einem Hotel verbuddelt hab?«

Sie schwieg; auch Baltasar sagte nichts mehr.

Er verstand ihre Reaktion, wenn er sie auch für ungerecht hielt; ›aber in Extremlagen‹, dachte er, ›hilft Gerechtigkeit keinem. *In extremis* braucht man Gnade, Hilfe, vielleicht Ablenkung, ein Wunder, den Trunk des Vergessens, die letzte Bakschisch-Ölung, aber keine Gerechtigkeit. Die nützt nur Justiz-Zeloten, und was denen nützt, ist für gewöhnliche Menschen sinnlos.‹ Dann befand er, daß derlei Überlegungen seiner Definition von *Dunk* genügten und nicht halfen, bestenfalls ablenkten.

Er konzentrierte sich auf das Wesentliche. Zweifellos hatte Metzler, was auch immer ansonsten seine Rolle gewesen sein mochte, Lanzeraths Handlangern gesagt, daß er mit Matzbachs Eintreffen rechnete; vielleicht hatte er auch Hermine erwähnt. Die französischen Feuerwehrleute würden ebenso zweifellos sehr schnell die beiden Toten und den Bewußtlosen finden, der vielleicht nicht mehr bewußtlos war; dieser würde spätestens demnächst auspacken. Oder? Wie erklärt man französischen Untersuchungsbeamten eine eigene Schußverletzung, eine mittlere Feuersbrunst, eine Leiche vor der Tür und eine zweite in der Badewanne? Wie erklärt man die Spuren von Folter an der zweiten Leiche? »Hat alles dieser Matzbach angestellt; ich wollte ihn nur daran hindern...« Unwahrscheinlich; um alle Einzelheiten einem abwesenden Matzbach in die Pantoffeln zu schieben, brauchte man extrem viel Fantasie und Logik. Lanzeraths Hooligan würde sich schnell in den wirren Fäden verheddern, die er zwischen seinen Widersprüchen oder Ungereimtheiten spinnen, aber nicht rot färben konnte. So, wie die Männer in Brenig aufgetreten waren, handelte es sich um Profis, trotz der Leichtfertigkeit, mit der sie auf das Feuer reagiert hatten. Profi, vermutlich nicht zum ersten Mal in der Situation, einigen Polizisten etwas erklären zu sollen. Profi, der nach dem Erwachen aus der Bewußtlosigkeit wahrscheinlich überhaupt kein Französisch kann und wegen des Schlags auf den Schädel auch dann noch an Amnesie leidet, wenn der erste verfügbare Dolmetscher auftaucht.

Aber die Beamten würden sich umhören, und früher oder später – früher, wenn jemand von sich aus zum Telefon griff – würden sie erfahren, daß ein Mensch mit fettem BMW und Bonner Kennzeichen sich in einem nahen Restaurant nach *La Bohème* und den dort weilenden Herren erkundigt habe. Sorgfältige Recherche würde ergeben, daß dieser Mensch in Begleitung seiner Dame diverse Läden aufgesucht und eine Wanderkarte sowie einen Bohrer gekauft hatte – zunächst namenlos, da bar, nicht mit Kreditkarte.

Unwahrscheinlich, daß dies sehr bald zusammengetragen würde; er dachte an seine alte Feststellung, daß die unwahrscheinlichen Zufälle immer mit ihm seien. Und er beschloß, sich diesmal nicht darauf zu verlassen.

Wohin würde der namenlose Bohrerkäufer, bei dem es sich (nach den schließlich doch erfolgten Auskünften des verletzten Genossen) um einen gewissen Matzbach handeln mußte, wohl flüchtend seine Schritte lenken? Der teuren Heimat zu, gewißlich doch.

Also mußte er zusehen, daß er so schnell wie möglich in einer Gegend, die nicht zwischen Porcmignon und Deutschland lag, den Wagen verlor. Und das hätte er eigentlich von vornherein einkalkulieren sollen, sagte er sich; statt einen Fluchtwagen zu mieten (bar bezahlt, anonym – aber irgendwas an Papier hätte man schon zeigen müssen, am besten Hermines Führerschein), hatte er auch noch vollgetankt. O Verschwendung.

Er tätschelte das Lenkrad. Alles sehr verwickelt, fand er. Wenn die bösen Buben nicht in Brenig die Reifen der DS malträtiert hätten, wäre er mit dem Citroën gefahren und müßte nun Abschied von der göttlichen Pallas nehmen.

Nach Süden bis Châtillon-en-Bazois, dann westlich Richtung Nevers und Bourges; Vierzon mochte ein guter Ort sein, um die Reise mit der Bahn oder einem Leihwagen fortzusetzen. Vierzon – da war doch was. Brel; richtig. *T'as voulu voir Vierzon et on a vu Vierzon*… Eigentlich Vesoul. Aber nicht morgens um halb drei. Nicht ganz zweihundert

Kilometer Landstraße. Ziemlich spät, und Vierzon kannte er nicht. Bourges dagegen wohl. Etwas näher; in Bourges gab es ein Ibis-Hotel, in dem vielleicht noch etwas frei war und zweifellos ein Nachtportier Dienst tat. Er erinnerte sich an ein großes, vollautomatisches Parkhaus nicht weit von der Kathedrale. Gute Möglichkeit, den BMW zu verlieren – aber schlecht, den Wagen in einem Ort zu lassen, in dem man ein Zimmer nehmen wollte und wo später vielleicht jemand Hotelzettel kontrollieren würde.

Er schaute auf die Armbanduhr – keine zwei Minuten, seit sie eingestiegen waren. Zünden. Der Motor surrte, und Baltasar überlegte, ob er das für eine Aufforderung oder einen Protest halten sollte; dann streifte er Hermine mit einem vorsichtigen Blick. Sie saß in einer unbequemen, verspannten Haltung da, eine Hand um den Gurt gekrallt, die andere wie eine Tarantel auf dem Schoß, die Augen starr geradeaus, als ob sie damit Löcher in die Nacht brennen wollte.

Er räusperte sich. »Um Vergebung – funktionierst du?«

»Mhm.« Sonst nichts – kein Nicken, keine Bewegung der Augen, keine Änderung der Haltung.

»Ich hab mir folgendes überlegt.«

Aber er hatte noch keine zwei Sätze gesagt, als ein Wagen mit quietschenden Reifen an ihnen vorbeiraste. Es war der Peugeot, von Metzler vermutlich am Flughafen Dijon gemietet. In dem eigentlich nur einer sitzen konnte: der verletzte Kölner, den Matzbach für längerfristig bewußtlos gehalten hatte.

Damit waren alle Überlegungen erledigt; Baltasar brach ab, grunzte und beschleunigte. Er bemühte sich, unauffällig Abstand zu halten, ohne den Peugeot aus den Augen zu verlieren. Wohin?

Lormes. Nach Norden, die D 944, Richtung Avallon. 29 km, dann weitere 10 km nach Osten zur nächsten Autobahnzufahrt. Und dann? Dijon – Besançon – Mulhouse – Freiburg und so weiter? Oder von Dijon nach Norden, über Nancy, Metz, Luxembourg und ein paar Kilometer Landstraße bei Trier? Und die nächste schwierige Entscheidung: was tun? Wenn er allein im BMW gesessen hätte, wäre die Frage schnell beantwortet gewesen. Mit dem viel stärkeren BMW den Peugeot möglichst noch hier, zwischen Lormes und Avallon, überholen, schneiden, in eine Schlucht oder gegen einen Baum drücken. Aber so, wie Hermine sich im Moment befand, fühlte, verhielt, was auch immer… Unmöglich. Dranbleiben, bis der Mann irgendwann tanken mußte, dann aussteigen und ihm die Browning an den Schädel halten? Genauso unmöglich; nicht zu reden von Tankstellenpächtern, die nicht immer blind waren und bisweilen sogar über Telefone verfügten. Immerhin – der Mann hatte überlebt, würde der französischen Polizei nichts erzählen, und bis jemand auf den Gedanken kam, kilometerweit rechts und links von *La Bohème* nach bösen Ausländern zu fragen, müßten noch etliche Stunden vergehen. Wobei es noch denkbar war, daß ein französischer Wirt an Teilamnesie litt, ausgelöst durch Schnaps und Besucher aus der Touraine. All dies. Oder vielleicht doch etwas anderes?

Er balgte sich mit diesen Überlegungen, während andere Gedanken ihn zankten. Hermine saß starr und stumm neben ihm. Als sie auf der Autobahn nach Osten donnerten, der Peugeot immer am Rande der Sichtweite voraus, versuchte Matzbach, einige seiner Grundüberlegungen so weit zu sortieren, daß er sie Hermine mitteilen konnte. Sie lauschte, ohne viel dazu zu sagen.

In Dijon verloren sie den Peugeot beinahe, sahen ihn vor einer Tankstelle stehen und den offenbar nicht ernsthaft verletzten Mann mit dem Zapfhahn hantieren. Er humpelte ein wenig, als er zur Kasse ging.

Weiter. Es gab immer noch etliche Möglichkeiten. Norden, Osten, notfalls sogar Südosten, wo der Flughafen lag; allerdings bezweifelte Matzbach, daß der Angeschossene nun ordentlich einen von Metzler geliehenen Wagen zurückbringen und sich von Kontrolle zu Kontrolle humpelnd im Flughafen amüsieren würde – am Morgen, und bis dahin? Däumchen drehen?

Und während Matzbach lautlos fluchte, hin- und hergerissen zwischen Rücksichtnahme auf Hermine und den Varianten sinnvoller Beendigung einer unerfreulichen Begebenheit, fuhr der Peugeot aus der Stadt hinaus nach Südosten, vorbei am Flughafen, Richtung Autobahnkreuz, ohne zu blinken oder zu bremsen. Baltasar hielt Abstand, ließ den Peugeot Richtung Besançon brettern und lenkte den BMW auf die A 31 Richtung Nancy, die er bei der nächsten Ausfahrt wieder verließ. Um fünf nach halb drei erreichten sie eines der diversen Kettenhotels im Industrie-und-Tourismus-Purgatorium von Dijon-Nord; dort war noch ein Doppelzimmer zu haben. Der Nachtportier verzichtete auf den Meldezettel; er begnügte sich mit zwei 100-Francs-Scheinen von Matzbach und einer Kreditkarte von Hermine, half ihnen mit dem Gepäck, brachte zweimal

Perrier und zwei in Plastik verpackte Sandwiches und wünschte Madame et Monsieur Pèfe-Gêne eine angenehme wiewohl vermutlich kurze Rest-Nacht.

Hermine schlief bald. Oder tat so. Matzbach kroch ins zweite Bett und bemühte sich, beim Durchsehen des in *La Bohème* erbeuteten Materials nicht allzu sehr zu rascheln.

Als er damit fertig war, fluchte er lautlos. Er schob den Stapel unters Bett, an die Wand, löschte das Licht und versuchte zu schlafen. Statt Schafe zu zählen, zählte er Papiere. Fehlende Papiere. Erhoffte Papiere. Wesentliche Informationen. Unbezahlbare Unterlagen. Nichts von alledem.

Der Stapel, von Lanzeraths Handlangern auf dem Tisch von *La Bohème* hinterlassen, enthielt keinen einzigen Verweis auf Lanzerath. Was immer Czerny über den Kölner zusammengetragen haben mochte, fand sich nicht bei den Papieren, die unter Matzbachs Bett ruhten, in dem er ruhelos lag. Er verfluchte sich, daß er nicht ein paar Minuten mehr dazu aufgewendet hatte, das Haus selbst noch zu durchsuchen. Ein paar Minuten mehr oder weniger... Sie hätten dann ein bißchen schneller durchs Gestrüpp stolpern müssen, aber...

Wahrscheinlich, wäre es aber vergebens gewesen. ›Es ist alles eitel‹, dachte er. Die Männer hatten zweifellos nicht den Auftrag erhalten, ihren Chef mit Dingen zu versehen, die ihn selbst belasteten. Lanzerath war wohl kaum daran interessiert zu erfahren, was Czerny herausgefunden hatte. Er wollte vermutlich nur eines: sicherstellen, daß das Material niemandem nützte. Die Männer sollten alles, was ihn belasten konnte, verbrennen – zerstören – ertränken. Was auch immer. Metzler war gefoltert worden und tot. Lanzerath belastende Dinge, die Albin Czerny zusammengetragen hatte, lagen wahrscheinlich als Aschehäufchen im großen Wohnzimmerkamin von *La Bohème*.

Und alles, was die Männer auf dem Tisch gesammelt hatten, hätte noch verbrannt werden sollen? Oder war es zum Mitnehmen gedacht, zweiter Teil des Auftrags? Alles verbrennen, was Lanzerath belastet, und alles mitbringen, was Lanzerath verwenden kann, um andere zu behelligen... Nicht ausgeschlossen. Aber für Matzbach nutzlos. Der Stapel bestand fast ausschließlich aus Papieren, die Elias Jüssen betrafen: Zeitungsausschnitte, alte Pressefotos, Kopien von Briefen, ein wirrer Haufen hingesudelter Notizen, die ebenso einer Hagiographie über wie einer Polemik wider Jüssen dienen konnten.

Jüssen. Aber wieso Jüssen? Wozu schickte Lanzerath Leute nach Frankreich, ins hinterste Morvan, um dort Papiere über Jüssen zu stehlen? Elias Jüssen, beliebt, umgänglich, philanthropisch, karitativ – und all dies so gründlich, daß es unglaubwürdig wurde. Wollte Lanzerath herauskriegen, ob Jüssen nicht doch irgendwo dreckige Wäsche versteckt hatte? Wollte er etwas gegen ihn in die Hände kriegen, um ihn zu etwas zu zwingen?

Plötzlich bildete er sich ein, das Klick-Klick-Klick im eigenen Kopf wahrhaftig hören zu können. Er schnalzte leise, machte das Licht an, setzte sich auf, nahm sich die Papiere wieder vor. Zwei Fotos und zwei Listen, gesehen, aber nicht beachtet.

Die beiden Fotos... Nun hielt er sie in der Hand. Valentin (alias Poldi) Schmollgruber, in der Uniform der Wehrmacht, vor einem eindeutig französischen Bistro, daneben ein Mann, der kaum Ähnlichkeit mit dem heutigen Elias Jüssen hatte; außer, wenn man sehr genau hinsah. Matzbach sah sehr genau hin. Das zweite Bild zeigte die beiden genannten Herren, diesmal in Zivil, mit einem elegant gekleideten Dritten. Das erste Bild war eindeutig ein Portrait: Jüssen und Schmollgruber lächelten in die Kamera. Das zweite Foto mochte ein Schnappschuß sein, jedenfalls sah keiner der drei Männer den Betrachter direkt an. Wer war der dritte Mann, der keineswegs behelligt von der Gesellschaft der beiden anderen schien? Eher… erfreut? Erleichtert? Matzbach drehte das Bild um; mit hauchdünnem Bleistift war dort etwas gekritzelt. Initialen? Ungewiß; vielleicht ließe sich mit einer Lupe etwas daraus machen. Etwas Beweisbares, für juristisch relevante Personen; sich selbst mußte er nichts beweisen. Er kannte den Mann zwar nicht, ahnte aber, um wen es sich handelte. Die Bilder in Corgoloins Büchern hatten ihn deutlicher gezeigt, aber das waren eben Portraits gewesen, nicht Schnappschüsse bei halb weggedrehtem Gesicht. Ob der Gute auch ein gewisses Château in Chablis besessen hatte?

Plötzlich wußte er, wie die Dinge zusammenhingen, warum Lanzerath seine Leute losgeschickt hatte und wieso Czerny hatte sterben müssen. Der Grund (oder mehrere Gründe?) stand auf der ersten Liste, ebenfalls beim Durchblättern nicht genau betrachtet. Eine gekritzelte Liste von Namen, Daten und Stichworten, Vorder- und Rückseite eines rautierten Folio-Blatts. Einige der Namen waren vertraut, wie einem eben Namen vertraut sind, die man immer wieder in der Zeitung sieht. Die meisten sagten Matzbach nichts. Einer dagegen sehr viel – Lanzerath. Das Datum hinter dem Namen war vermutlich das des Tags, an dem Lanzeraths erster Geschäftspartner dahingegangen war; die Stichworte *Partner, Messer, Safe EJ* sahen verheißungsvoll aus. Hinter anderen Namen standen ähnlich nette Dinge – Fahrerflucht, Unterschlagung, Vergewaltigung, Nötigung…

Die zweite Liste: ebenfalls Namen und Daten, jeweils versehen mit einem eingeklammerten weiteren Namen und einem Betrag. Bei den Eintragungen, die sich auf die letzten Jahre bezogen, kamen Matzbach etliche Namen bekannt vor; als ob er mit dem Hacker am Telefon den einen oder anderen erörtert hätte. Und die eingeklammerten Namen, die zu den Beträgen zu gehören schienen, standen sämtlich auf der anderen Liste.

Die Frage war, ob sich irgend etwas davon beweisen ließe. Matzbach löschte das Licht und grinste ins Dunkel. Wenn er mit seinen Mutmaßungen richtig lag, dann hatte ihm jemand gleichzeitig einen guten Hinweis gegeben, wie mit unbeweisbaren Dingen zu verfahren war.

9. Kapitel

Wenn man die Todesstrafe abschaffen will,
mögen die Herren Mörder damit beginnen.

ALPHONSE KARR

Er konnte höchstens ein paar Minuten geschlafen haben, als er an der Hand durch ein Dimensionsloch aus dem Schlummer in die Realität gezerrt wurde. So jedenfalls fühlte sich alles an.

Hermine saß auf der Bettkante, neben ihm; sie hielt seine Hand und blickte ausdauernd aufs Telefon. Offenbar war sie schon länger wach. Sie schien geduscht zu haben und war angezogen.

»Neun Uhr durch«, sagte sie. »Eben hat der Empfang angerufen, um das zu sagen.«

»Hatte ich unten hinterlassen.« Er brummte, hörte sich selbst wie durch Glaswatte.

»Hab ich mich sehr blöd angestellt?« Immer noch betrachtete Hermine das Telefon.

Baltasar richtete sich halb auf, belastete die Ellenbogen, rieb mit dem Daumen Hermines Handrücken und verzog das Gesicht. Er hoffte, daß es als Lächeln durchging, nicht als monströse Maske.

»Geht so«, sagte er. »Kuck mich mal an.«

Sie riß sich vom Telefon los.

»Ah, du bist das. Jetzt erkenn ich dich wieder. Da war so eine komische Fremde im Auto. Ist aber verschwunden, zum Glück.« Er zog die Hand an seine Lippen.

»Wir werden darüber zu reden haben, fürchte ich – später.« Hermine machte keine Anstalten, ihre Hand wieder an sich zu nehmen.

Matzbach betrachtete das gefingerte Lehen. »Viermal fünf Finger haben wir à deux«, sagte er. »Und viermal fünf Zehen. Man könnte eine Runde wandern. Oder in vierzig Stunden über dies und das reden. Bis dahin müßten etliche Schlußstriche zu ziehen sein. Andererseits könnte man das auch ganz prima unterlassen. Ich weiß was! Ich geb dir jetzt die Hand zurück, dann steh ich auf und schmeiß mir ein bißchen kaltes Wasser auf die unrasierten Wangen, und danach gehen wir runter, opulent frühstücken. Vielleicht ist mir nach dem Frühstück eher zum Denken zumute. Oder gar zum Telefonieren.«

»Gegen wen?«

»Feststellen, ob in der Kölner Bucht alles seine übliche Seichte bewahrt.«

Aber es gab nichts festzustellen, wie er nach dem Frühstück vom Zimmer aus feststellte. Tshato wußte nichts Neues; Komarek schwieg verbissen; Yü und Dany waren wie üblich sonntags nicht im Antiquariat, meldeten sich aber auch nicht in ihrer Wohnung. Zaches und Trudi mochten treiben, wonach ihnen der Sinn stand, und was immer stand, stand nicht in Telefonnähe. Morungen reagierte ebenfalls nicht; schließlich gab Baltasar knurrend auf.

Zeitungsmeldungen über Umtriebe in der Nähe von

Lormes würde es erst am folgenden Morgen geben; in den Rundfunknachrichten wurde lediglich erwähnt, daß dort etwas stattgefunden habe, aber man nannte weder die Menge der Leichen noch die Identität Überlebender.

Matzbach grübelte ein paar Momente. Hermine half ihm dabei; gemeinsam beschlossen sie, die Heimfahrt zu riskieren und sich einfach darauf zu verlassen, daß niemand nach Matzbächen mit BMWs suchen und diese auch nicht an der Grenze bremsen würde.

Mehrmals versuchte Baltasar von unterwegs, irgendwen in oder bei Köln anzurufen. »Blöder Sonntag« wurde zu einem nicht besonders originellen Refrain. Beim x-ten Versuch, irgendwo bei Trier unternommen, wählte er doch einmal das Antiquariat an. Dany nahm ab.

»Was macht ihr sonntags im Laden?« sagte Baltasar.

»Aufräumen.«

»Dann lebt ihr also noch.«

»Wieso denn nicht? Wenn man das leben nennen kann. Wo steckt ihr?« Dany klang früh und frisch und einigermaßen munter.

»Unterwegs. Es hat sich ein Gerangel ereignet.«

»Uh uh. Schlimm?«

»Eher blutig, ja. Hermine und mir ist nichts passiert, aber wir müssen ein paar Dinge sortieren. Wo steckt Yü?«

»Moment.«

Matzbach wußte selbst nicht so recht, was er erwartet hatte – Klageschreie der verwitweten Antiquarin, vermutlich, deren schlitzäugiger Lebensabschnittsgefährte von bösen Finsterlingen zerstückelt worden war, weil sie keinen Matzbach kriegen konnten. Oder so ähnlich.

Aber Yü war wohlauf. »Was liegt an, frühergeborener Gebieter?« sagte er.»Ich hab auch was für dich, aber red du zuerst.«

Baltasar räusperte sich. »Paß auf, es ist ernst.«

»Ungewöhnlich. Sprich dich aus.«

Matzbach sprach, schnell und konzentriert. Yü lauschte, ohne zu unterbrechen; schließlich sagte er: »Ihr tummelt euch aber ganz munter. Der Knabe mit dem französischen Peugeot dürfte wieder hier sein; ich nehme an, die hier abgegebene Botschaft hat damit zu tun. Jedenfalls kam hier ein dunkelgekleideter Herr vorbei.«

»Hinkt? Mit Peugeot?«

»Ts ts ts. Wer hinkt schon mit Peugeot? Nein, er hat im Halteverbot geparkt, was sonntags hier keinen kratzt. Sagt, er hätte es telefonisch versucht, aber zu Hause hätte keiner abgenommen. Stimmt; wir haben einen Morgenspaziergang gemacht.«

»Erspar mir dies und weitere unästhetische oder unhygienische Informationen. Was will der Mensch?«

»Wenn wir etwas Deutsches oder Französisches zu verhandeln hätten, sollten wir uns bei einer bekannten Adresse nahe Bergheim melden.»

»Da da da. Und was hast du gesagt?«

»Daß ich mit dem zur Zeit auf Pilgerreise befindlichen weisen Herrn der Zuchtlosigkeit reden und alles erwägen würde.«

»Na gut. Ich nehme an, wir sind in zwei Stunden in Brenig. Auspacken, neue Zigarren einstecken, danach wohin? Antiquariat?«

»Zwei Stunden?« Yü schien zu überlegen. »Versuch's

mal telefonisch; sonst ruf ich an. Ah, sieh dich vor. In Brenig, mein ich.«

»Sorg dich nicht um uns. Wenn die verhandeln wollen, kann uns in Brenig nicht viel passieren.«

Punkt vier Uhr nachmittags erreichten sie Hermines Anwesen und fanden die Zufahrt versperrt. Ein antiker Traktor parkte auf dem letzten Stück Feldweg, aber niemand war zu sehen, der ihn hätte fahren können. Baltasar hielt an und stieg aus, ließ die Blicke schweifen und wollte eben etwas sagen, als hinter ihm ein maschinelles Schnaufen ertönte. Er wandte sich um und sah einen weiteren Traktor nahen, mit einer seltsamen Mischung aus Schneepflug, Sandschieber und Kuhfänger am Bug. Er hatte die Maschine schon einmal gesehen, irgendwo in der Nähe, und auch den Frontzusatz, aber in der Eile fiel ihm nicht ein, wo. Es hätte auch nichts genützt, sagte er sich später.

Der zweite Traktor kam den Weg hoch, schnaufte wieder, berührte den BMW am Heck und schob den Wagen vorwärts. Baltasar hatte den Motor laufen lassen und den Automatikhebel auf P gestellt; die Reifen mochten die Zwangsbewegung nicht, und er bildete sich ein, das Getriebe motzen zu hören.

Die Plastikscheibe des Traktors war fast undurchsichtig; Matzbach hätte außerdem schwören mögen, daß der Fahrer eine Sonnenbrille trug. Die Browning lag im Handschuhfach, und Hermine hatte sich noch nicht abgeschnallt. Baltasar riß die Fahrertür auf, schrie »raus«, versuchte die hintere linke Tür zu öffnen, um an die Papiere und den Schnitzmesserkasten auf der Rückbank zu gelangen, aber das ging schon nicht mehr. Oder noch nicht wieder, je nachdem; er war nicht sicher, ob nicht bei Fortgang der Akkordeonisierung des BMW die Türen von selbst aufspringen würden. Hermine stemmte sich gegen ihre Tür, konnte sie nicht öffnen, zog die Beine hoch, als der Raum zwischen Sitz und Front enger wurde, ergriff Matzbachs ausgestreckte Hand und ließ sich herausziehen.

Der Motor des Traktors lief immer noch. Die Scheiben des BMW barsten und rieselten wie Hagel nach innen und außen. Baltasar verzichtete auf jeden Versuch, noch etwas aus dem Wagen zu holen, schob Hermine vor sich her, deckte sie mit seinem massigen Leib gegen alles, was außer Geräuschen noch vom zweiten Traktor kommen mochte, zum Hof, in der Hoffnung, daß dort nicht auch noch jemand stand.

Aus dem Traktor stieg langsam, fast lässig, ein schlanker Mann mit Sonnenbrille, Strumpfmaske, schwarzem Trainingsanzug und schwarzen Schuhen. In der Rechten – sie steckte in einem schwarzen Handschuh – hielt er eine nicht ganz kleine Waffe. Er bewegte sie auffordernd hin zum Hof; als Matzbach und Hermine rückwärts wichen, nickte er knapp und ging ebenfalls rückwärts, vom Traktor weg, dann seitlich ins Feld, hinter den Traktor, und war verschwunden. Sekunden später glitt etwas, was ein Landrover oder Patrol oder Pajero oder derlei sein mochte, zwischen zwei Büschen hervor, der Mann sprang hinein, der Wagen holperte über das Brachfeld, erreichte den nächsten Weg und raste davon.

Es gelang Baltasar mit ein wenig Mühe und Gekletter, Papiere, Browning und Schnitzkasten zu bergen. Er nahm aber an, daß vom Gepäck im Kofferraum auch nach Einsatz von Schneidbrennern nichts Erwähnenswertes mehr zu sehen sein würde.

Hermine schien merkwürdig gefaßt. »Was soll's?« sagte sie halblaut, als er sie fragend ansah. »In deiner Gesellschaft muß man offenbar mit allem rechnen.« Dann kicherte sie. »Ich frag mich nur, wie Bauer Schmittling reagiert, wenn er seine beiden alten Traktoren hier oben sieht.«

Im Innenhof stand Hermines Benz, offenbar heil; der Citroën würde in der Werkstatt stehen, die ihn hatte abholen lassen. Matzbach seufzte. »Irgendwie gehen jedesmal Wagen zu Bruch. Ich frag mich, ob das irgendwas Astrologisches bedeutet. *Du sollst auf Widder umsteigen* oder so.«

»Rufst du die Polizei, oder soll ich das machen?« Hermine schloß die Tür auf und trat in den Flur.

»Weder noch.«

»Aber ...« Dann verstummte sie, nickte nur.

»Oder meinst du, wir hätten irgend etwas zu erzählen, was uns jemand glaubt und was uns nicht selbst reinreißt?«

»Kaffee«, murrte sie. »Und reden. Wir müssen darüber reden. So geht das nicht.«

»Später, Geliebte. Ich nehme an, wir haben zuerst noch ein paar andere Dinge zu tun.«

»Was denn?«

Das Telefon klingelte. Hermine nahm ab, erstarrte, reichte Matzbach wortlos den Hörer.

Es war die Stimme von Evergislus Lanzerath. »Sie brauchen ein neues Auto, habe ich gehört?«

»Ich kauf mir ein Pferd«, sagte Matzbach.

»Sehr witzig. Wenn Sie die Botschaft verstanden haben und zivilisiert feilschen mögen, kommen Sie heute abend zu mir. Allein, bitte – ohne Geleitschutz.«

»Der Chinese kommt mit.«

Lanzerath schwieg einen Moment. »Na gut, aber sonst keiner. Zehn Uhr? Ein bißchen Dunkelheit ist nützlich. Und, eh, falls Sie es sich anders überlegen – ich habe hier noch einen alten Bekannten von Ihnen, dem etwas passiert, wenn was passiert.«

»Wer ist es?«

Aber Lanzerath hatte schon aufgelegt.

Hermine kochte Kaffee, während Matzbach telefonierte. Und telefonierte. Und telefonierte. Nach zehn Minuten hatte er ein paar Leute erreicht, die ihm nicht weiterhelfen konnten oder wollten, darunter Morungen und Löwe; es war ihm aber nicht gelungen, Yü oder Dany oder Zaches oder Jüssen oder Tshato aufzutreiben; auch Komarek war nicht erhältlich. Dafür war Hermines diffuse Laune einem seltsam schrägen Galgenhumor gewichen.

»Trink, Brüderlein«, sagte sie, als sie ihm den dampfenden Becher reichte. »Der Steigbügel-Schluck. Henkerstrunk. Was auch immer, wohl bekomm's. Soll ich den Benz anschmeißen?«

»Ich denke, du magst das alles nicht?«

»Wenn man bis über die Kiemen in der Scheiße steckt, sollte man beschließen, immer schon ein Faible für Jauche gehabt zu haben.«

»Willst du das jetzt beschließen?«

»Wollen? Was immer ich will, findet woanders statt, glaub ich.« Plötzlich schien sie ernst zu werden. »Ich frag mich die ganze Zeit, wieso du dich auf diese blödsinnige Nummer eingelassen hast. Und wieso ich mitgemacht habe.«

»Du irrst, Holdeste.«

»Inwiefern?«

Matzbach klopfte auf die Außentasche der Windjacke, in der er seine alte Waffe untergebracht hatte. »Da drin steckt eine Browning«, sagte er. »Und die will noch was.«

»Du bist meschugge! Sag bloß, dir macht das am Ende auch noch Spaß?!«

Er seufzte und lächelte dabei. Fast verträumt sagte er: »Ich fürchte, da gibt es Unvereinbarkeiten, wie? Kreuzzüge und Entdeckungsfahrten und das Erobern fremder beziehungsweise feindlicher Reiche... Miese Macho-Kiste, nehm ich mal an.«

»Das kann doch nicht dein Ernst sein...«

»Halb und halb. Im Prinzip war das alles überflüssig, und zwar deshalb, weil mich das Ableben von Albin Czerny nicht die Bohne interessiert und die paar Kröten, die Komarek namens der kichernden Witwen ausgelobt hat, auch nicht. Sagen wir, das Ganze tangiert mich nicht mal peripher. Andererseits... mir war ziemlich langweilig zumute, niemand will die gesammelten Philosophen kaufen, da kann ich doch ebensogut versuchen, sie Jüssen anzudrehen und mich dabei ein bißchen zu zerstreuen?«

»Ich glaub's nicht«, sagte Hermine schwach. »Kannst du nicht einfach abwarten?« Sie schüttelte den Kopf, während sie dies sagte; es mochte die Widerlegung der eigenen Frage sein oder ein Tadel.

»Kann ich nicht.«

»Warum nicht?«

»Was immer Lanzerath dazu gebracht hat, in dieser Weise auszukeilen, ist ja nicht aus der Welt geschafft. Und ich hab keine Lust, die nächsten Monate jeden Morgen nachzuzählen, ob mir ein paar Knochen fehlen oder ein Stückchen von der Halsschlagader.«

Nomey Tshatos Antlitz war ganz Wonne, eitel Freude, fürstliches Willkommen. Er öffnete die Tür, an der Matzbach eine Mischung aus Kratzen und Klopfen verübt hatte, und er war prachtvoll nackt. Der Sohn eines Ashanti-Fürsten, lange Zeit Schiffskoch, später Bereiter köstlicher Schweinereien für Yüs und Matzbachs untergegangene *Spelunke*, hatte bei der folgenden Teilung der Beute so gut abgeschnitten, daß er sich eine Weile darauf beschränken konnte und wollte, nur für seine Gefährtin Lucy (zuvor Kellnerin der *Spelunke*) und sich zu kochen. Matzbach hatte vor Wochen einmal kurz mit ihnen telefoniert, als er sich intensiv langweilte und wissen wollte, ob es ihnen auch so gehe; aber da war nur heiterer Widerspruch gekommen. Tshatos muskulöser Leib wirkte weder überfüttert noch untrainiert, und als er die Arme zur Begrüßung ausbreiten wollte und zu diesem Zweck das Handtuch fallen ließ, das er vor der Leibesmitte gehalten hatte, blieb es dort hängen.

»Ahii yai yai«, grölte er. »Chef Bwana Sahib! Und die entzückende Zerschnitzerin heiler Hölzer! Welcher Glanz in meiner armen Hütte!«

»So, wie du stehst, hängt Lucy irgendwo herum, oder?« sagte Matzbach. »Wir stören ungern, aber dürfen wir trotzdem reinkommen?«

Tshato winkte sie grinsend an sich vorbei, durch den engen Gang zum großen Wohnraum des Appartements. Matzbach ging voran; hinter sich hörte er ein *ups* von Tshato, dann ein *wau* von Hermine. Er blickte zurück; Hermine hatte das Handtuch an sich genommen und sagte eben:

»Einmal wollte ich die Legende doch sehen. Steht dir gut, Junge.«

»Habt ihr irgendwas Dringendes vor?« Das war Lucys Stimme; sie kam von links, aus dem Schlafzimmer, dessen Tür angelehnt war.

»Um Vergebung für Friedensstörung«, sagte Matzbach. »Aber es könnte sein, daß wir Hilfe brauchen.«

»Spielst du wieder Schiffeversenken? Macht der Chinese mit?« Tshato rupfte einen Bademantel vom Haken an der Schlafzimmertür. »Und was soll ich tun?«

Lucys Stimme, halb empört: »Also… Erstens, bitte warten, bis ich alles mitkriege. Und zweitens – wenn das wieder so eine blutrünstige Sache ist, dann bleibst du zu Hause.« Nach kurzer Pause setzte sie hinzu: »Bitte.« Sie hüstelte. »Gefälligst.«

Tshato nickte zur Tür hin. »Vielleicht.«

»Nicht anfangen; ich komm sofort.«

Tshato deutete auf eine alte Cordcouch und drei passende Sessel, die um einen kleinen nierenförmigen Tisch standen. »Setzt euch. Was zu trinken, zu essen?«

»Später; oder?« Matzbach sah Hermine an.

»Ich krieg bestimmt gleich Hunger, aber wir sollten zuerst die wichtigen Dinge sortieren.«

Lucy erschien, halbgewandet. Nach mehreren Wangenküssen hockte sie sich auf die Lehne des von Tshato besetzten Sessels. »So. Was habt ihr angestellt?«

Eine halbe Stunde später legte Matzbach zum letzten Mal den Hörer auf. »Alle Mann an Bord«, sagte er. »Und der Tisch in der Kneipe ist reserviert; wir sollten sofort aufbrechen. Ich lad euch ein.«

»Das ist ja wohl das Mindeste.« Lucy zog einen dekorativen Flunsch und warf die blonde Mähne zurück. »Boshafte Verkehrsstörung, Rekrutierung von Hilfskräften für ein Himmelfahrtskommando ... auch wenn du das Gegenteil behauptest. Noch was? Jedenfalls Gründe genug, uns zum Essen einzuladen.«

»Himmelfahrtskommando ist übertrieben; aber laß uns das im Lokal erörtern.«

»Was brauchen wir noch?« sagte Tshato.

»Hast du eine Waffe?«

»Legal oder illegal?«

»Scheißegal.«

»Dann ja.«

»Steck sie ein. Und kommt mit. Tut mir leid, daß es nicht allzu opulent wird, heut abend, aber wir müssen uns nachher noch bewegen und haben nicht alle Zeit der Welt. Demnächst mehr.«

Lucy sang halblaut: »Tarzan ist wiedada.« Dann grinste sie und setzte hinzu: »Da didel dum, der Baltasar geht um.«

Yü erwartete sie auf dem kleinen Parkplatz, den sie vereinbart hatten. Er lachte, als er Hermine, Matzbach, Lucy und Tshato aus dem Benz quellen sah.

»Noch jemand drin?« sagte er. »Sieht aus wie ein Rekordversuch.«

»Ignorier mich bitte«, sagte Lucy. Sie streckte die Hand aus. »Die Schlüssel! Ich bin hier nur als Notfahrerin. Mit euren Gesetzesbrüchen will ich nichts zu tun haben.«

»Wo steckt Dany?« sagte Matzbach.

Yü wies über die Schulter hinter sich, ins Dunkel der Kölner Nacht. »Sie beobachtet das Haus.« Er schien etwas sagen zu wollen, schwieg dann aber.

»Was ficht dich an?«

Der Chinese kaute auf etwas. »Du mußt dein Herz in die Hände nehmen, Dicker«, sagte er dann.

»Herz? Hab ich nicht. Worum geht es?«

»Sie haben Zaches.«

»Scheiße. Wie ist das passiert?«

»Weiß ich nicht. Er wird wohl mit Trudi in die Kneipe getigert sein, wie fast immer in den letzten Tagen. Und da hat man ihn wohl freundlich gebeten, mitzukommen.«

»Wie viele sind es?«

»Lanzerath hat seine Freundin weggeschickt, oder sie hatte was anderes vor. Da gibt's ne Köchin oder derlei, die ist aber auch nicht da. Also: Lanzerath, sein gewöhnlicher Fahrer, Zaches, mindestens zwei Mann. Und Jüssen.«

»Seit wann ist Jüssen hier? Freiwillig?«

»Halbe Stunde oder so. Und freiwillig? Weiß ich nicht; Lanzeraths Fahrer hat ihn gebracht.«

Baltasar nickte. »Na schön. Also – wer will mitspielen? Den Einsatz kennt ihr?«

Yü verzog das Gesicht. »Nur nicht den denkbaren Gewinn. Der Verlust dagegen, Herr, liegt auf der Hand.«

»Na gut. Versuchen wir's. Ihr wißt alle, was zu tun ist?«

Gemurmel und Nicken.

Lucy blieb beim Wagen; sie flüsterte Tshato zum Abschied etwas ins Ohr.

Lanzeraths Villa, nicht gerade befestigt aber doch fast wehrhaft, allein am Ende der Straße für wohlhabende Anlieger, schien von außen unbewacht; hinter dem Anwesen streunte ein Weg in die Felder. Irgendwo jenseits des Ackerlandes mußte Bergheim beginnen. Matzbach erinnerte sich an einen Kölner Taxifahrer, der ihn vor Monaten gefragt hatte: »Wissen Sie, was Bergheimer ist? Nein? Vorstufe von Alzheimer.«

Zaches war festgesetzt – unwahrscheinlich, daß man eine freundliche Einladung ausgesprochen hätte, der er gern nachgekommen war. Jüssen mochte alles billigen oder nicht, vielleicht konnte er sogar eine Pistole halten, aber Matzbach hielt ihn nicht für einen Gegner, mit dem man rechnen mußte. Intellektuell, ja, aber nicht in einer gewaltsamen Auseinandersetzung. Lanzerath, zwei Handlanger, der Fahrer.

Vier gegen zwei. Dany und Hermine blieben vor dem Wendehammer zurück, zwischen den Pappeln. Tshato bildete die vorgeschobene Eingreifreserve, mit kleinem Revolver und großer Machete. Yü und Matzbach näherten sich über den Fahrweg dem Gittertor.

Baltasar betätigte die Klingel. Nach höchstens einer Sekunde ertönte der Summer, das Tor gab nach und fiel hinter ihnen wieder ins Schloß.

»Fürst der Schatten«, sagte Yü leise. »Sie machen kein Licht für liebe Gäste. Gefällt dir das?«

Baltasar knurrte leise. Dann hörte er ein anderes Knurren. Er zog die Windjacke, die er um den linken Arm gewickelt hatte, fester und starrte ins Dunkel. Über dem Eingang brannte eine Art Nachtlicht, eher eine Funzel; ansonsten war die Vorderseite des Hauses unbeleuchtet. Von links hörten sie ein schwaches Klirren, dann ein heiseres Gebell.

»Vorsicht«, sagte Matzbach.

»Zwei Rottweiler, hatte die Dame gesagt?« Yü hob eine Hand an den Gürtel.

Dies war eine der Varianten, die sie besprochen hatten: der wohlhabende Villenbesitzer, der sich nachts bedroht fühlt und auf unangemeldete Besucher (»wir haben gerufen, Herr Kommissar, aber keine Antwort gekriegt«) die Hunde hetzt. Die Fortsetzung der Variante war, daß die Besucher entweder zerfleischt liegen blieben, bis die Polizei kam, oder unzerfleischt das Haus erreichten, wo sie (»es war ja dunkel, und die sind angerannt gekommen und …«) in Notwehr erschossen wurden.

Zwei große dunkle Massen kamen tobend um die linke Hausecke, und einen Moment bildete Matzbach sich ein, der Hund der Baskervilles stürze sich auf ihn, in doppelter Ausfertigung, mit gefletschten Zähnen und phosphoreszierendem Fell. Dann waren die Hunde da, und er hatte keine Zeit mehr für alberne Assoziationen. Aus den Augenwinkeln sah er Yü seitwärts tänzeln; der rechte Arm schoß hoch, und ein Teil von Baltasars Gehirn fragte sich, woher im mondlosen Dunkel das Licht kommen mochte, das auf Yüs Klinge blitzte. Er stieß den umwickelten Arm in den Rachen des zweiten Hundes, der ihn angesprungen hatte, hieb ihm mit der Rechten den Griff der Browning auf den Schädel und ließ sich auf das Tier fallen; dabei drehte er sich ein wenig. Ohne Befriedigung registrierte er das Knacken des brechenden Genicks. Er rollte sofort zur Seite, hörte Yüs leises »In Ordnung«, sprang auf und lief geduckt zur linken Seite des Eingangs, der sich halb öffnete.

›Die Alibi-Nummer‹, dachte er. Etwas glitzerte – Licht von der Nachtfunzel auf dem Lauf einer Waffe. Jemand rief, weder laut noch besonders unterdrückt: »Ist da jemand?«

Eine zweite Stimme, von der rechten Hausecke: »Scheiße, die haben die Hunde…«

Dann fielen Schüsse. Zwei, ein dritter. Er bildete sich ein, etwas wie einen Luftzug zu spüren. Tshatos gedämpfte Waffe hustete irgendwo weit rechts; Yü hechtete zu einem Beet (nur ein dunklerer Fleck im Dunkel) neben den Stufen zur Haustür; Matzbach schoß zweimal auf den Mann im Eingang, sah ihn gegen die halboffene Tür taumeln, hörte noch einmal Tshatos Schalldämpfer, ein Gurgeln von rechts, ein Ächzen von Yü, rannte die vier Stufen hinauf, trat dem gestürzten Mann die Waffe aus der Hand, rammte die Schulter gegen die schwere Tür und kniete mit schußbereiter Waffe, von der Stahl-und-Milchglas-Masse gedeckt.

Wie durch zusammengebissene Zähne sagte Yü, rechts hinter ihm: »In Ordnung… nix Ernstes bei mir… Tshato hat den anderen.«

Fast gleichzeitig hörte er eines der großen seitlichen Gartenfenster splittern; Tshatos dicke Stimme röhrte etwas wie: »Alle Mann Hände hoch, keine Bewegung, Polizei.«

Das letzte Wort war wohl eher eine Zugabe von Matzbachs überreiztem Gehirn als eine tatsächliche Äußerung des Ashanti.

Der Mann, der in der Tür zusammengebrochen war, schien nur bewußtlos zu sein, nicht tot; Matzbach nahm die schwere Automatik, die aus den erschlafften Fingern geglitten war.

»Schaffst du's?« sagte er.

Yü stöhnte leise. »Ich darf nicht dabei lachen«, sagte er. »Gib mir deine, die ist leichter.«

Er tauchte neben Baltasar auf, hielt sich mit der rechten Hand die linke Schulter und holte tief Luft. Das Hemd war durchtränkt.

»In Ordnung«, brüllte Tshato. »Alles unter Kontrolle.«

Matzbach ging voraus, geduckt, sichernd; um die hinter der Haustür liegende große Diele zu durchqueren, brauchte er mindestens eine Minute, die ihm wie eine Stunde vorkam.

Die Tür zum saalartigen Wohnraum stand offen. Er sah Evergislus Lanzerath, die Hände über dem Kopf, neben einem Ledersessel stehen. Zaches lag mit gebundenen Armen und Beinen auf der Récamière. Hinter ihm, ebenfalls mit erhobenen Händen, stand ein weiterer Mann, den Matzbach für den Fahrer hielt. Jüssen hatte die Hände auf dem Schoß gefaltet; er saß im zweiten der insgesamt vier dunkelroten Ledersessel, die in eine englische Clubbibliothek paßten und in Lanzeraths prunkvoll überladenem Wohnraum deplaciert wirkten.

»Noch jemand da?« sagte Matzbach, an niemanden im besonderen gewandt.

Zaches schüttelte den Kopf. Sprechen konnte er nicht; ein breiter Klebestreifen saß auf seinem Mund.

Jüssen räusperte sich. »Was immer das werden soll, ich entbiete Ihnen ein vorsichtiges Willkommen – Herr Matzbach, nicht wahr?« Er betrachtete die Waffe in Baltasars Hand, streifte Yü mit einem Blick und sagte: »Soweit ich weiß, ist außer uns hier und den beiden Wächtern, die Sie offenbar ausgeschaltet haben, niemand im oder am Haus.«

Lanzerath hob die Schultern. Ein schräges Lächeln zuckte um seinen Mund; er blickte Matzbach an, dann sah er in Richtung des marmorgefaßten Kamins. Auf dem Boden, auf einem vermutlich echten, teuren und für Leute mit Muße sicher wunderschönen Seidenteppich lag ein wirrer Haufen, fast ein Berg, aus Stoffresten, Fetzen, Stroh.

Tshato rutschte von der Fensterbank; es knirschte, als er auf die Splitter der Scheibe trat. Er bückte sich nach einem Jagdgewehr, das Lanzerath hatte fallen lassen. Ohne in Matzbachs Schußlinie zu geraten, näherte er sich Zaches, riß ihm den Klebestreifen vom Gesicht, grinste ihn breit an, sagte »Hallo, Kleiner« und begann, mit der Machete an den Fesseln zu säbeln.

»Wir sortieren das gleich, schlage ich vor.« Jüssen blieb in der gleichen Haltung sitzen; er wirkte eher gelangweilt.

Lanzerath schaute zwischen Matzbach und Jüssen hin und her, plötzlich ein wenig unsicher. »Was haben Sie vor?«

Matzbach schwieg; Jüssen schloß die Augen.

»Und jetzt, Chef?« sagte Zaches. Er rieb sich die Handgelenke und versuchte, aufzutreten; Tshato mußte ihn die ersten paar Schritte stützen.

»Was ist das da hinten, diese Trümmer?« sagte Matzbach.

Zaches stülpte die Lippen vor, als ob er in Tränen auszubrechen gedächte. »Herr Jüssen sammelt doch alte Teddys, ja? Lanzerath hat seit Jahren alle aufgekauft, die er in die Finger kriegen konnte, und die hat er heute abend vor Jüssens Augen massakriert.«

Jüssen verzog keine Miene; Lanzerath grinste flüchtig.

»Ist Ihnen dabei einer flitzen gegangen?« sagte Matzbach.

Tshato stieß ein tiefes, heiseres Kichern aus. »Was machen wir mit dem ganzen Kram hier?« sagte er.

»Kannst du noch, Yü?«

»Nach der Bastonade«, sagte der Chinese mit schwankender Stimme, »empfiehlt Konfuzius zwar ein leichtes Fußbad mit anschließendem Beischlaf, aber ich werde mich schon noch aufrecht halten.«

Zum ersten Mal kam so etwas wie eine Gemütsregung in Jüssens Züge; er musterte Yü, als sei dieser ein Extraterrestrier mit unreinlichen Gepflogenheiten und überraschenden Geistesblitzen.

»Gut. Tshato, bring Zaches und den Fahrer weg. Sie haben vorsichtshalber wenig gesehen, denke ich.«

Lanzeraths Fahrer nickte. Jüssen blickte kurz zu ihm.

»Kommen Sie morgen in mein Büro, Scherer«, sagte er. »Wir müssen über Ihre Zukunft reden.«

»Danke, Herr Jüssen.« Die Stimme war kaum zu verstehen; der Mann bewegte sich in einer Art schwebenden Schleichens.

Tshato knurrte leise. »Seid ihr sicher?«

»Immer. Bis nachher. Und beruhigt die Mädels.«

»Am besten«, sagte Yü durch die Zähne, »fahrt ihr schon mal mit dem Benz los. Wir kommen mit meiner Rostkiste nach.«

»Aye-aye, Sir.« Tshato verzog kaum merklich das Gesicht. »Hinterlaßt nicht zu viele Spuren. Fingerabdrücke. Ihr wißt schon. Und dies und das.«

Als die drei gegangen waren, deutete Matzbach mit der Waffe auf Lanzerath. »Sie werden jetzt zuerst mal telefonieren. Sie haben doch bestimmt noch irgendwo Wachhunde rumstehen; sagen Sie denen, wir hätten uns friedlich geeinigt, sie sollen Feierabend machen.«

Lanzerath wollte etwas sagen; Jüssen hob die Hand. »Ich glaube, es gibt keine Außenposten; aber das regeln wir später. Sprechen wir von den wesentlichen Dingen. Was haben Sie herausbekommen?«

»Alles.«

»Das klingt wie sehr viel.«

»Kann man so sehen.«

»Geben Sie mir eine Kurzfassung, ein paar Stichwörter, damit ich weiß, ob ...«

Matzbach runzelte die Stirn. »Stichwörter? Na gut. Ein Mensch namens du Plessis, in Frankreich, wichtiger Mann der Résistance. Sie und Schmollgruber haben ihn nicht ans Messer geliefert, aber ein bißchen bluten lassen. Häuser, nicht wahr, und alte Goldmünzen. Startkapital für den Neubeginn nach dem Krieg. Und hier haben Sie alles beobachtet, was vielleicht Dreck am Stecken haben könnte, und dann ebenfalls bluten lassen. Erpreßt.«

Jüssen lachte. Er wirkte beinahe amüsiert. »Wenn Sie

das noch einmal überprüfen, soweit Sie können, werden Sie feststellen, daß viele gute Taten getan wurden. Lanzerath hier hat viel Geld für Behinderte gespendet. Nicht ganz freiwillig.«

Matzbach nickte. »Ich weiß. Abgesehen von der ersten Nummer, in Frankreich, waren Ihre sämtlichen Aktionen die reine Philanthropie. Was an den Fakten nichts ändert.«

»Dann wissen Sie vermutlich auch, daß Lanzerath den Spieß endlich umdrehen wollte, nicht wahr?«

»Wobei ihm ein österreichischer Journalist in die Quere kam. Der von Lanzeraths Handlanger Würselen ins Jenseits befördert wurde. Und danach wußte Würselen zuviel. Reicht das in groben Zügen?«

Jüssen lächelte. »Gute Arbeit. Es ist zwar beinahe alles falsch, aber trotzdem richtig. Bevor wir uns über das Weitere unterhalten, tun Sie mir bitte einen Gefallen?«

»Und zwar?«

Jüssen deutete auf Lanzerath und die Teddytrümmer. »Ich wollte mich mit ihm noch ein bißchen unterhalten. Geben Sie mir doch sicherheitshalber die Waffe. Die ist von einem seiner Leibwächter, nicht wahr?« Er blinzelte; dann setzte er hinzu: »Sie haben mehr Zeugen als ich; also keine Sorge. Wir reden morgen weiter.«

»Wie kommen Sie nach Hause?«

»Ich werde die Polizei bitten, mich zu fahren.«

»Gut. Und denken Sie sich für morgen schon mal was aus. Ihren guten Ruf betreffend, résistancemäßig. Tote Kameraden bei der Wehrmacht nicht zu vergessen.«

Yü und Matzbach gingen hinaus, zur Baumgruppe am Beginn des Wendehammers. Die anderen waren mit Hermines Benz verschwunden.

Fünf Minuten später hörten sie den Schuß.

10. Kapitel

> Das System ist eine Maschine, die man
> als Schwein betritt und als Leberwurst verläßt,
> auch wenn das Lebensziel Salami war.
>
> BALTASAR MATZBACH

Trübes Nachmittagslicht überspülte Vorgebirge und Kölner Bucht; es ähnelte einer durch isabellfarbene Nylonstrümpfe geseihten Flüssigkeit, die man nicht trinken sollte.

Auf der Nordveranda in Brenig saßen Matzbach, Hermine, Tshato, Dany, Yü und Zaches: alle beteiligt an jenem Vorgang, den die Frauen als Drama und die Männer als Farce zu betrachten vorgaben.

Baltasar hatte den Vormittag und Mittag in Köln verbracht, um mit Elias Jüssen zu verhandeln. Und die ersten vorsichtigen Worte mit den Beamten der Kripo zu wechseln.

»Wir machen eine ganz legale Transaktion daraus; kein Stäubchen Dreck wird einen Finger beschmutzen.« Er lehnte sich zurück, blies in den Kaffeebecher und trank vorsichtig.

»Wie willst du aus diesem Haufen Mord und Murks eine saubere Transaktion machen?« sagte Hermine. »Nicht zu reden von anderen Dingen.«

»Ganz einfach.« Matzbach betrachtete das ausdruckslose Gesicht von Yü, der den linken Arm in einer Binde trug.

»Wir gehen davon aus, daß nichts Bedeutendes vorgefallen ist. Schäden werden ersetzt, ebenso das, was Jüssen ›allfällige Spesen‹ nennt.«

Yü nickte, aber das sah außer Matzbach keiner, weil die anderen auf Baltasar blickten.

Tshato zupfte an seinem linken Ohrläppchen, dann strich er sich über die Nasenspitze. »Hm. Hmf.« Er grinste. »So ist das nach einem Kriegszug eben. Wie sieht die Regelung aus?«

»Moment noch.« Dany blickte Hermine an, fast flehend. »Ich versuche, aus diesem blöden Chinesen etwas herauszukriegen. Etwas in Richtung Wiederherstellung der kosmischen Balance, oder wie immer man das nennen will. Null. Redet der Dicke drüber?«

Hermines Gesicht war verschlossen und ziemlich kalt. »Kaum. Wir haben da noch ein paar Dinge zu sortieren, fürchte ich. Aber sprich du zuerst, Matzbach.«

Baltasar betrachtete sie; er ließ die Mundwinkel hängen und nickte. »Ich sehe, worauf es hinausläuft, und ich bedaure es, aber ...« Er seufzte.

»Keine Rätsel, bitte.« Tshato beugte sich vor und klopfte so fest auf den Tisch, daß es aus den meisten Bechern spritzte. »Was hast du mit Jüssen vereinbart?«

»Er beziehungsweise seine teuren Anwälte regeln die amtlichen Dinge. Lanzerath wollte ihm schaden, so fängt es offiziell an.«

»Wie?« sagte Yü.

Matzbach begann zu erklären; die längste Zeit brauchte er zur Beantwortung von Fragen, Zwischenfragen, Nachfragen und Antifragen.

Die amtliche Version sah so aus: Lanzerath habe aus Gründen, die in der Vergangenheit zu suchen seien (und die Anwälte würden zweifellos genug finden; notfalls konnten sie sogar die Wahrheit sagen über Lanzeraths schmierige Geschäfte, von denen Jüssen eben einfach gewußt habe), Jüssen ruinieren wollen. Um sich dagegen zu schützen, habe Jüssen unter anderem Matzbach angeheuert, der ihm von den Gesellschaftsabenden der Verbenstärker her auch in seiner Eigenschaft als Hobbykriminalist bekannt gewesen sei. Nach dem Tod eines alten Freundes, Schmollgruber, und dessen Neffen Czerny (»weder alte Hunde aufwärmen noch schlafende Füße wecken«, sagte Matzbach; »die Affaire Czerny contra Würselen und dessen Ableben bleibe unbetatscht«) habe Lanzerath seine Leute losgeschickt, um Schmollgrubers Haus in Frankreich zu durchwühlen, da er annehmen konnte, Schmollgruber habe dort vielleicht für Lanzeraths Zwecke verwendbares Material hinterlassen. Jüssen habe zufällig gleichzeitig (und die Zufälligkeit lasse daran denken, daß Lanzerath seinen zahlreichen anderen Vergehen auch noch das Anzapfen fremder Telefone hinzugefügt haben möge) Schmollgrubers alten Wiener Anwalt Metzler gebeten, dort nach dem Rechten zu sehen, und Matzbach sei im Auftrag Jüssens ebenfalls hingefahren, habe den Anwalt ermordet gefunden und sich mühsam gegen die Hooligans zur Wehr setzen können, wobei gewisser Schaden entstanden sei …

»Gewisser Schaden?« Hermine klang eher empört denn belustigt. »*Mon dieu!*«

Statt mit den französischen Behörden zu kooperieren, habe Matzbach als getreuer Beschützer des zahlenden Magnaten auf dessen telefonischen Hilferuf (»Handy, leihweise, klar?«) sofort die Heimreise angetreten, um ihn aus den Klauen des nun vollends durchdrehenden Lanzerath zu befreien. Matzbach habe dann mit Hilfe einiger Leute Jüssen befreit, was nicht ohne allerlei Lebensgefahr, Notwehrmaßnahmen und so weiter abgegangen sei. Man werde ein paar Aussagen machen müssen, aber…

»Und dein BMW? Kriegst du den von der Versicherung ersetzt, wofür wir alle höhere Prämien zahlen müssen?« sagte Tshato.

»Du bist Fußgänger«, knurrte Matzbach. »Halt dich da raus.«

»Und die Spesen, die allfälligen?« sagte Yü.

»Jüssen zahlt schlappe fünfundzwanzig für Arbeiten und Lebensrettung und so weiter. Dazu« – Matzbach grinste breit – »kauft er mir eine Sammlung philosophischer Werke ab, deren Wert mit hunderttausend angesetzt wurde. Und all das werden wir hier zusammenschmeißen und teilen. Hundertfünfundzwanzig durch sechs. Dies offiziell, also leider steuerpflichtig. Sollte zum Beispiel ausreichen, um dein nutzloses Geburtstagsportrait zu ersetzen, Hermine. Inoffiziell noch einmal das gleiche, aus irgendwelchen Reptilienfonds des verblichenen Herrn Lanzerath. Dies alles zur Besiegelung der amtlichen Fassungen und zur Wahrung allgemeinen Stillschweigens. Man hat ja einen guten Ruf.« Da keiner etwas sagte, setzte er hinzu:

»Ich weiß nur noch nicht, was ich mir als nächstes Auto leisten soll. Hat jemand Tips?«

»Steuerpflichtig.« Hermine sprach das Wort aus, wie man einen sakralen Gegenstand hochhebt: vorsichtig, gewissermaßen mit Glacézunge. »Bei all dem Gemenge und Gemorde höre ich jetzt zum beinahe ersten Mal eine Erwähnung des Gemeinwesens.«

»O wie stelzig«, sagte Yü. »Ehrwürdiger Wagen, wollt Ihr die Republik preisen?«

Lucy schloß die Augen. Dany nickte und legte die Hand auf Hermines Arm. »Ich preise mit. Na?« Auffordernd blickte sie die Männer an.

»Steuern zahlen, reicht das nicht?« sagte Tshato. »Wer ersetzt Baltasar den BMW?«

»Ich kriege einen Benz der S-Klasse aus Lanzeraths Fuhrpark«, sagte Matzbach. »Nicht, daß mich das irgendwie begeisterte. Jeder Stenz fährt nen Benz.«

»Die Gesetze«, sagte Hermine. Sie klang fast ein wenig verzweifelt.

»Erlassen von Leuten, die sich die Diäten erhöhen und gleichzeitig Renten und Sozialhilfe kürzen?« sagte Lucy. »Ihr spinnt doch beide, Mädels. Wo waren die Gesetze, als ihr euch in Frankreich rumgetrieben habt? Was ist mit den Gesetzen gewesen, als euch die Jungs an den Citroën gegangen sind und den BMW entsaftet haben?«

Matzbach hob die Brauen und betrachtete Hermine; seine Mundwinkel sackten immer tiefer.

Yü räusperte sich. »Als Inhaber eines deutschen Ausweises ... wenn ich darf? Man umgibt uns mit Wohlfahrt und Fürsorglichkeit, nicht wahr? Bis zum Abwinken? O nein, bis weit über das Abwinken hinaus – bis zur Entmündigung. Dann wird man doch in den Lücken, die sich jäh irgendwo auftun, selber denken dürfen, oder?«

»Wie die Herren Jüssen und Lanzerath.« Baltasar legte einen Finger an die Nase. »Ich vergaß, drei Dinge zu erwähnen. Jüssen besitzt ein Messer, das Lanzerath einmal leichtfertig verwendet hat. Du Plessis war ein Kollaborateur; er hat eigene Leute ans Messer geliefert, und Jüssen und Schmollgruber haben ihn vor denen geschützt, auch nach dem Krieg. Jüssen weiß nicht, daß ich nicht beweisen kann, daß er mit seinen Geschäften damals auch etliche deutsche Soldaten hat über die Klinge springen lassen, neben den verkauften Résistance-Leuten. Nicht gut für den Ruf, oder? Deswegen ist ihm an einer Art Ausgleichsregelung gelegen. Und wollt ihr wissen, was der Philanthrop immer mit seinen Teddys gemacht hat? Ersatzweise? Vermutlich, statt Kinder auf der Straße anzufallen?«

»Gah«, sagte Hermine.

»Und jetzt wüßte ich allmählich doch gern mal, wie dein bretonisches Labyrinth ausgesehen hat«, sagte Yü nach längerem Schweigen. »Ich gebe zu, es ist ein Ablenkungsmanöver, mit dem ich taktvoll dafür sorge, daß ihr nicht in den eigenen Tiefen ertrinkt. Wie Meng-tse bemerkte, sind innere Tiefen oft Seichten, und der Vorgang des Ertrinkens gleicht dem Sterben eines gestrandeten Fischs. Leute, die ihr Innenleben überschätzen, bemerken oft zu spät, daß sie seelische Kiemenatmer sind.«

»Nimmerwo und anderwann.« Matzbach verschränkte die Arme. »Wiewohl ich zugebe, daß *Ein Kiemenatmer schnappt nach Luft* kein ganz schlechter Titel wäre.«

»Wofür?« sagte Tshato. »Erlebnisse von späteren Hauptspeisen vor der Zubereitung?«

»Auch nicht schlecht.«

»Also, was ist mit dem Labyrinth?«

»Wie das Leben«, sagte Matzbach eher müde. »Oder wie meine vermeintliche Seele: platt, konturenlos, deshalb bestens zum Irreführen und Sich-Verlaufen geeignet.«

Irgendwie wollte keine rechte Stimmung aufkommen; Baltasar nahm an, daß alle spürten, daß Hermine etwas unter vier Augen bereden wollte. Als die anderen sich verzogen und Baltasar als letzte Yü und Dany zu ihrem Wagen in den Hof begleitet hatte, blieb er dort noch einen Moment stehen, sah sich um, schloß die Augen, holte tief Luft. Dann ging er zurück in die geräumige Küche, wo Hermine eben Teller und Tassen in die Spülmaschine packte.

»Ich will keinen Anteil«, sagte sie undeutlich.

»Soll ich noch einen Titel vorschlagen?« sagte er.

Sie richtete sich auf, schloß die Ladeklappe des Geräts und sah ihm in die Augen; sie nickte.

»Wenn's ein Kitschroman werden soll, wäre *Du hast es so gewollt* durchaus reizvoll; hat einen gewissen Swing. *A Doom of One's Own* ist auch nicht schlecht. *Wende diesen Knilch von mir? Vanity Unfair? Joseph sans Balsam, oh? Auf der Suche nach der verlorenen Tugend?* Oder ...«

»Hör auf«, sagte sie. »Ich weiß, daß es unfair ist. Aber ...« Sie suchte nach Worten. »Du erstickst mich«, sagte sie dann. »Die Sache in Frankreich, das hab ich ja selbst gewollt, stimmt schon. Und ... aber ich will nie wieder in die Lage kommen, etwas zu wollen, was ich nicht wollen darf. Verstehst du?«

»Und in meiner Gesellschaft ist das … tja, das ist so.« Er sah die Bitterkeit in ihren Augen und versuchte, die Bitternis im Hals herunterzuschlucken; was nicht ging.

»Ende mit Schrecken wäre das passende Klischee, Baltasar.« Die Augen schimmerten feucht. »Es war sehr, sehr gut; und es hat überhaupt keinen Zweck. Jedenfalls nicht so.«

»Nicht wie? Und oder aber wie denn anders? Bett, Tisch, alles?«

Sie ging zur Verandatür und blickte hinaus; mit betont gefaßter Stimme sagte sie: »Vorläufig. Abstand, weißt du? Zur Ruhe und zum Denken kommen, all dieses Gewäsch. Ich …« Sie brach ab und schluckte hörbar. »Mit dir geht nicht, ohne dich geht wahrscheinlich auch nicht. Muß irgendwas mit Gewöhnung zu tun haben. Aber vielleicht … getrennt marschieren, hin und wieder vereint schlagen?«

»Bei Mord endet das Schmusen? Ich werde weder knien noch flennen noch fechten, Holde. Und es ist dein Haus.« Er biß die Zähne zusammen. »Im Moment hab ich kein Auto; ich ruf mir gleich ein Taxi.«

Sie hob die Hände. »*Mon dieu*, doch nicht sofort …«

»Ende mit Schrecken war von dir. Die Bücher drüben; können die hier abgeholt werden, oder muß ich sie sofort mitnehmen?«

»Sei nicht albern.«

»Albern?« Er fühlte sich von Schnitzmessern ausgehöhlt. »Albern wäre es, in meinem Alter an einen guten Schluß zu glauben. Von was auch immer.«

ENDE